KEITAI
SHOUSETSU
BUNKO
野いちご SINCE 2009

ずっと、キミが好きでした。

miNato

○ STARTS
スターツ出版株式会社

ずっとずっと、
願っていたことがある。
「好き」
キミの心に届くまで、
何度だって伝えたい。
でも、ごめんね。
私、バカだから、
キミが苦しんでいることに
気づけなかった。
キミはいつものように、
何事もなく笑ってたから、
隠された本心を見抜けなかった。
ごめんね。
ごめんなさい。
それでも私は、
ずっと、キミが好きでした。

contents.

プロローグ	6

第 1 章　〜いつもそばに〜

流れ星の行方	10
それぞれの未来	25
穏やかな日々	47
音のない世界〜怜音side〜	62

第 2 章　〜あふれる想い〜

隠された本音	70
さまざまな想い	87
届かない声	102
あの日の後悔	120

第 3 章　〜変わっていく関係〜

異変	140
涙の卒業式	164
踏みだせない一歩	177
キミの気持ち	194

第 4 章　　〜運命のイタズラ〜

失恋	212
動きはじめた時間	232
男じゃない〜怜音side〜	256
追い求めていた日々	268

第 5 章　　〜ずっと、キミが〜

1年記念	282
泣かせたくないやつ	298
決心	315
星に願いを	335

| エピローグ | 352 |

| あとがき | 356 |

プロローグ

「あ……」

　朝、ベッドから起き上がると、床の上に1枚の写真が落ちていることに気づいた。

　表面を上にして落ちていたそれは、中学2年生の時の体育祭の写真。

　昨日の夜は気づかなかったけど、めずらしくクローゼットの整理をしたから、その時に落ちたんだろう。

　写真の中の幼い私とその隣で優しく笑う彼が、あの頃から12年たった私をまっすぐに見つめていた。

　明るく無邪気なその笑顔を見ると、心臓をワシづかみにされたように苦しくなる。

　不意に涙で視界がボヤけた。

　今でも忘れられない、私の大切な人。

　好きで好きで大好きすぎて、キミのことを想うと、今でも胸がはりさけそうになるんだよ。

　キミの深い優しさや陽だまりみたいな笑顔に包まれて、ずっと過ごしていたかった。

　温かいキミには、足りないところなんてひとつもなかったのに――。

　あの時、キミは苦しんでいたんだね。

　気づいてあげられなくてごめんね。

　一番近くにいたのに、なにもわかってなかったね。

プロローグ 》》 7

　願わくば、もう一度キミに逢いたい。
　あの頃から私の気持ちはひとつも変わっていないんだっ
て、伝えたい。
　絶対に帰ってくるって言ったじゃん。
　ねぇ、早く帰ってきて。
　お願いだから、もう一度だけ逢いたい。

　＊ずっと、キミが好きでした。＊

第1章
〜いつもそばに〜

流れ星の行方

　中学３年の夏休み最終日。

　私、月城しずくは幼なじみの家でダラダラ過ごしていた。

　とは言っても、さっきまで家で勉強していたから、１日中ダラダラしていたわけではない。

　外の景色はすっかり、藍色に染まりつつあった。

「ふーん、それで？」

「だーかーらー、昨日シャイニーズジュニアのカズくんを見たんだって！　すんごいカッコよかったんだから！」

「誰、カズくんって」

「シャイニーズジュニアだよ！　シャイニーズ事務所に所属してるイケメンアイドル！」

「ふーん」

　興奮冷めやらぬ私を、明らかに興味がなさそうな目で見るのは、生まれた時からの幼なじみの桐生怜音。

　通称、れお。

　私とれおのお父さん、お母さんは、彼のことをそう呼んでいる。

　温厚で何事にも冷静沈着で優しいれおだけど、興味のないことにはいっさい関心を示さない。

　私がいくら興奮気味に話したって、れおにはちっとも伝わらないのだ。

　れおは私の顔をじっと凝視しているけれど、これはきっ

と聞き流されて終わるパターン。

　生まれた時から一緒にいるから、顔を見ただけで、れおが今どんなことを考えているのか、ある程度はわかってしまう。

　それと同じように、れおには私のことも全部知られているんだと思う。

　たったひとつ、私の胸に秘められた想いを除いて。

「しずって、シャイニーズジュニアのファンだっけ？」

「いや、違うけど」

　問われて、とっさに首を振った。

「違うのに、そこまで騒ぐ理由がわからない」

「だって、アイドルだよ!?　誰が見たって騒ぐに決まってるよ」

「ふーん、ミーハーだな」

　と、再び興味がなさそうに返事をしたれおは、私の話に飽きたのか、ベッドの上でゴロンと寝返りを打った。

「もう」

　こっちに背を向けたということは、れおはこれ以上私の話を聞く気がないということ。

　聞く気がないというか、聞けないというか。

　のんきにマンガを読みはじめてるし。

「れお」

　私の声にれおは反応せず、壁のほうを向いてマンガに集中している。

　れおのサラサラの黒髪が、ベッドの上でサラリと揺れた。

ほのかに漂うスカッシュ系の甘い匂いに、胸がキュンと
しめつけられる。
「れーおってば、こっち向いてよ」
　かまってくれないのがさみしくて、無防備なれおのわき
腹をくすぐった。
　だって、こうしなきゃ、れおに気づいてもらえない。
　普通に呼びかけるだけじゃ、ダメなんだ。
「うわっ……おい、しず、やめろって。ははっ」
　不意をつかれたれおの体が、ベッドの上で大きく揺れる。
　私はベッドのはしっこに腰かけて、さらにれおのわき腹
をくすぐった。
「ははっ、俺、ほんとそこダメ……しずっ」
「ふふ、れおの弱点は知りつくしてるもんね。私にかまっ
てくれないからだよーだ」
「わ、悪かったよ、ごめんって……っ、はは」
　それでも、私はくすぐるのをやめなかった。
　単純に、れおのこういう姿を見るのは楽しい。
「しーず、いいかげんにしろって」
　突然、ガシッと腕をつかまれて、れおのわき腹から手を
離させられた。
　少しふてくされたようなれおの目が、スネているように
思えてすごくかわいい。
「私の話を聞かなかったバツだよ」
「ったく、子どもか」
「ふーんだ！」

第1章 ≫ 13

プクッと頬を膨らます私を見て、れおが苦笑する。

猫のように大きくてまん丸い瞳が、細く弧を描いた。

つかまれた腕が熱を帯びたようにジンジン熱い。

れおは0歳の頃にモデル事務所にスカウトされたほど、それはそれは整った顔立ちをしている。

今でも、声をかけられたりすることがあるらしい。

でもね、私はれおがモデルになったりすることには反対。

だって、れおがモデルになったら、たちまち人気が出ちゃうに決まってる。

そんなの……やだ。

物心がついた時からずっと、私はれおが好きだった。

一緒にいてこんなにドキドキするのは、れおだけだよ。

だけど、れおはきっと私のことを幼なじみ以上には思っていないと思う。

つかまれた腕をそのままに、私はれおが寝ている隣に転がった。

キングサイズのベッドにふたり並んで寝転んでも、せまくはなく、まだ余裕がある。

「しず、まだスネてる？」

「ううん、もう直った。っていうか、たっぷりくすぐったからスッキリした」

れおのほうに体を向け、ゆっくり口を開く。

ゆっくり話すことでしか、私の声はれおに届かない。

れおは耳につけている補聴器と、相手の唇の動きから言

葉を読みとるのだ。

　向きあっていると、急に恥ずかしさが増して目をそらした。

　ドキドキと高鳴る鼓動。

　頬が熱い。

　20畳以上もあるれおの広い部屋は、あまり物が置かれていなくて殺風景。

　壁に飾られたペガサスの油絵はおばさんの趣味で、れおは気に入らないみたいだけど、カラフルだから私は結構気に入っていたりする。

　机の上にある写真立ての中では、幼い私とれおがピースをしながら無邪気に笑っていた。

　これは幼稚園の頃のもの。

　れおは昔は女の子みたいで、私よりかわいかったっけ。

　周りの人に、よく女の子にまちがえられていたよね。

「で、シャイニーズジュニアがなんだって？」

「もういいよ、それは。れおは、相変わらず興味のないことに無関心だよね」

「そう？」

「うん」

「しずはすぐスネるよな、昔から」

「そんなことないよー！」

「いやいや、昔から変わらないよ、しずは」

「それなら、れおだって……」

　優しい雰囲気や冷静沈着な態度は、昔から変わらない。

第1章 ≫ 15

　私の大好きなれおのままだ。

　それなのに……。

　れおの無邪気な笑顔に影が見えるようになったのは、い
つからだろう。

　その笑顔を見るたびに、胸がしめつけられる。

　れおの笑顔が好きだったはずなのに……ううん、今でも
大好きなんだけど。

　今はムリをしているように見えてしまうから、私まで胸
が苦しくなって、うまく笑えなくなる。

「れおも……昔から変わらないよ」

「そう……？」

　困ったようにれおが笑う。

　きっと、れお自身が今の自分を受けいれられていないん
だと思う。

「私は、どんなれおでも好きだよ」

　だからお願い、前みたいに笑ってよ。

　こうしてれおの部屋で話していても、時々ぼんやり遠く
を見つめていることがある。

　その横顔があまりにも切なげで、私まで苦しくなってし
まう。

「そんなことを言ってくれるのは、しずだけだよ。ほかの
人は、かわいそうな目で俺を見るから」

　自虐的につぶやいたれおは、フッと笑って悲しげに目を
ふせた。

　れおに握られたままの手首に、ギュッと力が入る。

それだけで、れおが今も苦しんでいることが伝わってきた。

　そんなことない。

　そんなことないよ、れお。

　れおは、かわいそうなんかじゃない。

　自分を責める必要なんてどこにもないのに。

　悲しげな顔を見ているのがツラくなって、私はれおの肩をポンと叩いて、ベッドの上から勢いよく起き上がる。

　そして、れおの腕をひっぱった。

「急にどうしたんだよ？」

　弾かれたように視線を上げたれおは、目をまん丸くさせた。

「星、観にいこう」

　れおの視線はしっかり私の唇を捉えていたから、なにを言ったかは伝わったはず。

　それに今は静かな場所にふたりきりだから、右耳の補聴器からも私の声は届いたはずだ。

　それ以外の場所では、れおが人の言葉を理解するのは唇の動きからが大半らしい。

　教室や外では騒音がひどくて、会話はほとんど聞きとれないみたい。

　授業中はかろうじて先生の声が聞こえると言っていた。

「星？」

「うん、星！　れおんちの裏山に行こうよ」

「見つかったら、こっぴどく怒られると思うけど」

第1章 ≫ 17

「大丈夫だって！　ほら、行くよ！」

　私はシブるれおの腕をひっぱって、ベッドから立ち上がらせた。

　ほっそりしているけど、ほどよく筋肉がついたれおの腕と体は、同年代の男子に比べるとずいぶんしっかりしている。

　小学校からずっとバスケをしてるから、その賜物かな。

　背が高くてスタイルがいいれおは、小4までは文武両道でなんでもソツなくこなす天才肌……だった。

　小4の夏休みに交通事故に遭い、側頭部を強く打ちつけた影響で聴覚神経を損傷し、左耳の聴力を完全に失ってしまうまでは。

　事故の影響は右耳にも及んでいて、補聴器をつけてやっと聞こえるくらいの聴力しかないんだとか。

　これは本人から聞いたわけではなく、れおのお母さんから聞いた話。

　れおの笑顔に影が見えはじめたのは、思えばこの頃からだった。

　耳が聞こえなくなったことで大好きなバスケが思うようにできなくなり、会話もスムーズに進まなくなった。

　最初は苦しそうにしていたけど、頑張り屋のれおは一度も弱音を吐かなかった。

　聞こえないなりに努力してバスケも続けていたし、勉強も頑張っていた。

　ここまで来れたのは、あきらめずに続けてきたバスケの

存在が大きいと思う。

　私の存在も少しくらいその中に入っていればいいけど、どうかな。

「相変わらず、れおんちは広いよね」

「…………」

　前を歩いているれおには、私の声は届かない。

　時々さみしくもなるけど、わざわざ引き止めて話すような内容じゃないから、そのままあとをついて歩いた。

　れおのお父さんは有名な桐生グループの社長で、お母さんはお医者さん。

　れおには6歳上のお兄さんがひとりいて、国立の有名大学に通っている。

　家族みんなすごく優しくて、家に行くといつも笑顔で迎えてくれるんだ。

「あら、しずくちゃん。来てたの？」

「うん、お邪魔してます」

「どこか行くの？　もっとゆっくりしていけばいいのに」

　玄関を出たところで、仕事帰りのれおのお母さんにばったり出くわした。

　とてもキレイで笑顔が素敵なれおのお母さん。

　小さい頃からずっと知ってるけど、ますます若返ったんじゃないかと思うほど、キラキラとまぶしく輝いている。

　シャレっ気もなにもない、うちのお母さんとは大違いだよ。

「ごめん、サクさん。今からちょっと出かけるから」

第1章 ≫ 19

「ふたりでどこ行くの？　まさか、デート？」

「ふふ、ヒミツだよー！」

「えー、いいじゃん。教えてよ」

「恥ずかしいもん。サクさんはカナさんとデートしない
の？」

　れおのお母さんの名前はサクラで、サクさん。

　お父さんはカナデでカナさん。

　小さい頃からそう呼び慣れているから、まるで友達のよ
うな感覚。

　自分の家にいる時間よりもれおの家にいる時間のほうが
長いから、気心が知れている。

「しず、早く行かないと」

　思いのほかサクさんとの会話が盛り上がり、とうとうれ
おがシビレを切らして私の腕を取った。

　軽くひっぱられ、体がよろける。

　だけど、れおが腕でしっかり支えてくれた。

「ごめんごめん、じゃあ気をつけてね。あんまり遅くなら
ないように」

　サクさんがれおに向かって優しく微笑む。

「わかってる」

　れおは淡々とした声でそう言うと、サクさんからパッと
顔をそむけて、再び私の腕をひっぱった。

　親の前でそっけない態度を取るとは、れおもちゃんと思
春期の男の子なんだなぁ。

　大人びてるから完璧に見えるけど、そうじゃない。

なんだか、それがうれしかった。

　れおの家の敷地はかなり広く、表部分にはキレイに手入れされた庭があるけど、裏は雑木林のようになっていてまっ暗。

　ひとりだとちょっと怖いけど、れおが一緒だと安心だ。

　だけど、野生動物が出たりするらしく、勝手に入ったことが知られたらこっぴどく怒られてしまう。

　幼稚園くらいの頃、秘密基地を作ったりして、よく怒られたなぁ。

「本当に行くんだ？」

　裏山に入ろうとする間際で、れおが私のほうを振り返った。

　月明かりに照らされた顔立ちがすごく魅力的で、思わずドキッとしてしまう。

　だけど、れおはきっと私といてもドキッとすることなんてないよね。

　ただの幼なじみか妹のように思ってるんだと思う。

「もちろんだよ、そのためにここまで来たんだもん」

「はぁ」

　あきれたようにため息をつきながらも、れおは最終的に私に付き合ってくれる。

　その証拠に、仕方ないなって顔で今も私を見てる。

「しずは言いだしたら聞かないもんな。仕方ない、離すなよ」

「うんっ！」

　遠慮がちなれおの手が、私の手を優しく包みこんだ。

細くしなやかな指が、私の指にからみつく。

　ドキドキして、ワクワクして、ソワソワして、落ち着かない。

　目指すは、雑木林の中腹にあるちょっとした広場。

　そこだけぽっかり大きな穴が開いたように木が生えておらず、キレイな夜空を眺められるスポットになっている。

　辺りがまっ暗なので、余計に星がキレイに見えるんだ。

「足もと暗いから、気をつけて。ここ、段差がある」

「ありがとう」

　れおは紳士だ。

　いちいち私のほうを振り向いて、転ばないように気を遣ってくれる。

　転びそうになったら腰を支えてくれたり、抱きとめてくれたり、ドキドキするようなことを平気でしてくる。

　昔から変わらない、れおの優しさ。

　そのたびに、れおへの気持ちが大きくなっていることを、きっと彼は知らない。

　ねぇ、好きだよ。

　つながった手から、私の気持ちが全部伝わればいいのに。

　私の気持ちを知ったら、れおはきっと困ったように笑って「ごめん」って言うよね。

　私の一方通行なこの想い。

　れおは優しいから、私が傷つかないようにやんわりフってくれるはず。

「しず、どうかした？」

無意識にれおの手をギュッと握っていたらしく、れおが不思議そうに私を振り返った。

　月明かりに照らされたれおの顔。

　鼻筋の通った形のいい鼻と、ピンク色の薄い唇。

　ストレートの黒髪は、右耳をしっかり覆っていて補聴器はほとんど目につかない。

　目立たせたくない、人に見られたくないという、れおの心の表れかな。

　一見なにも気にしていないように見えるけど、れおは心に深い傷を負っている。

　その傷をどうにかしてあげたいと思う私は、ただの偽善者なのかな。

　でも、れおが私を必要としてくれている限りはそばにいる。

　絶対に離れない。

　好きだから……。

「わー、見て見て！　すっごいキレイ！」

　れおの腕を興奮気味にバシバシ叩くと、つながったままの手が反動で揺れた。

　そんな私にれおが苦笑する。

　うん、これはいつもの光景。

「ねぇ、あれ！　夏の大三角じゃない？」

「どれ？」

　私が指さした方向を同じように見上げる、れお。

「ほんとだ。よくわかったな、えらいえらい」

第1章 >> 23

　れおは口もとに笑みを浮かべながら、私の頭をポンポンなでた。

　上から顔をのぞきこまれ、目の前にあるれおの笑顔にドキッとする。

　そんなに至近距離（しきんきょり）で見られたら、どんな顔をすればいいのかわかんないじゃん。

「も、もう！　バカにして。私だって、それくらいわかるんだからね」

「はは、またスネてる」

「スネてないもん」

　フンッと鼻を鳴らしながらプイとそっぽを向いたのは、完全なる照れかくし。

　あーあ、今の私ってば全然かわいくない。

　私だけ……。

　私だけがれおの行動にドキドキしたり、赤くなったり、戸惑（とまど）ったりしてるんだ。

　きっと、れおはなんとも思っていない。

　だから、ドキドキさせるようなことを平気でやるんだ。

　れおも少しはドキドキしてくれたらいいのに。

　スネた目で見つめると、れおはさらに目を細めて笑った。

　大人っぽいれおと、子どもの私。

　いつだってれおは余裕があって落ち着いている。

　怒ったところなんて、見たことがない。

　どんなにツラくても、どんなに悲しくても、れおは決して私に弱音を吐（は）こうとはしなかった。

ツラさや悲しみを隠して、笑っているような人なのだ。

　温厚でちょっと人見知りだけど、いつだって優しいそんなキミ。

　ねぇ……大好きだよ。

「しず、ほら。流れ星」

「わ、ホントだ！」

　夜空に星が流れた。

　一瞬だったけど、たしかに見えた。

　流れ星なんてめったに見られるものじゃないから、うれしくて思わず頬がゆるむ。

　ふと隣を見ると、れおも頬をゆるめながら夜空を見上げていた。

　なんだかそれだけで、ちょっとうれしい。

　れお。

　れおはこの時、流れ星になにを願った？

　ふたりでこうしていられるだけで、幸せな気持ちで満たされる。

　幼なじみっていう絆があれば、それだけで十分だ。

　れおのそばにいられるなら、それ以上の関係なんて望まない。

　ずっとずっと、れおとこうやって一緒にいられますように。

　夏休み最後の夜。

　私は、すでに消えてしまった流れ星に強くそう願った。

それぞれの未来

　夏休みが明けて2学期に入ると、よりいっそう受験ムードが濃くなった。

　1学期までダラけていた子が急に休み時間にまで勉強をしはじめたり、夏休み中に塾に通いはじめたクラスメイトも急増していた。

　うちの中学は市立だけど、頭がいい人が多いことで有名。

　とくに私の学年はやんちゃな人よりマジメな人のほうが多くて、まるでみんなが競いあっているかのように勉強している。

「しずくは志望校どうするの？」

　放課後、私の前の席に座るやっちゃんが振り返った。

　その手には進路調査票が握られている。

「うーん……まだ迷い中」

「なにを迷う必要があるの？　しずくの成績なら、明倫学園は余裕じゃん」

　やっちゃんこと柳井亜子は、中学1年の頃からの大親友。

　美人なのにサバサバしているから、やっちゃんには遠慮なくなんでもズバズバ言える。

　そして、逆もまたしかり。

「明倫学園、ね」

「なに？　なんかありそうな言い方だね」

「べつに、なにもないけど」

「ウソばっかり。しずくがそう言う時は、絶対なにかあるんだから」

　ごまかしてみたけど、やっちゃんにはいつもすぐにバレてしまう。

　少しうつむくと、サイドに流したポニーテールがサラリと肩から落ちた。

「れおが……」

　私はそこまで言って黙りこんだ。

　れおから直接聞いたわけじゃないのに、勝手に言いふらしてもいいのかなっていう気持ちが湧き上がってきたからだ。

　だけど、いいよね？

「れおが明倫学園の推薦を蹴ったって」

「えっ!?　ウソ」

　やっちゃんの大きくてパッチリした目が見開かれる。

　お人形さんのようにまつ毛が長く、透き通るようにまっ白な肌。

　いつ見ても、やっちゃんはキレイだ。

「ほんとだよ。こないだ職員室に行った時、先生同士で話してるのが聞こえたの」

「なんで？　なんで蹴っちゃったの？　明倫の推薦なんて、なかなか取れないのに」

　もったいない！と言わんばかりの勢いで、やっちゃんが机を力いっぱい叩いた。

「わかんない。れおから直接聞いたわけじゃないし」

「えー！　聞きなよ！　もったいない」

「ほかに行きたい高校があるのかも」

「明倫以外に？」

　やっちゃんがビックリするのもムリはなかった。

　明倫学園は県内でもトップクラスの進学校で、遠くから受験する人もいるほど倍率が高い。

　卒業後はほとんどの人が有名大学へ進学し、医師や弁護士、薬剤師、一流企業に就職するのが常となっている。

　明倫学園へ入ったというだけで、将来が約束されたようなもの。

「うん……明倫以外に。まぁ、私の想像に過ぎないけど」

「そっか。なんとか考え直してもらって、ふたりで明倫学園に通えるといいね」

　だけど私はやっちゃんの言葉にうなずくことができない。

　れおは一度こうと決めたら、決して考えを曲げない頑固（がんこ）な一面があるから、私なんかが説得できるとは思えなかった。

「しず、帰ろう」

　肩をポンと叩かれ、背後かられおが顔をのぞかせた。

　どうやら急いで掃除から戻ってきたようで、髪の毛が少し乱れている。

　額（ひたい）にも汗がうっすらにじんでいた。

　2学期とはいえ、まだまだ夏の余韻は残っているから、少し動くと汗が出る。

「桐生くん！　なんで明倫の推薦蹴っちゃったの？」

「……？」

「ちょ、やっちゃん！　それは言わない約束！」

「だって、気になるじゃん」

「それでも、私が直接れおに聞くから」

「はいはい、わかりましたよーだ」

　まったくもう。

　やっちゃんってば、なんでもかんでも知りたがるんだから。

　れおは首を傾げて不思議そうな顔をしている。

　そして『もう1回言って』と、目で私に訴えかけてきた。

　やっちゃんの言葉はどうやら、早口すぎてれおには読みとれなかったようだ。

　口の動きだけで相手の言葉を理解しなきゃいけないから、必死なんだと思う。

　会話をしている時、れおの目線はほとんど相手の口もと。

　だけど、時々目を合わせて笑ってくれたりもする。

　はにかんだような笑顔にドキッとさせられて、いつも胸の奥が熱くなるんだ。

　れおの笑顔にドキドキしている女子は、きっと少なくない。

　誰にでも平等に優しくて、気遣いが上手で女心をわかっているれおの人気は高く、よく告白もされていた。

　大半のクラスメイトは小学校からの持ち上がりなので、事故に遭う前のれおを知っている人も多く、耳が聞こえな

いことに対する偏見はほとんどなかった。

「邪魔者はさっさと退散するね。バイバイ、しずく！　桐生くんも」

「うん、また明日ね！」

「柳井さん、また明日」

　私たちに向かって大きく手を振るやっちゃんに、私も大きく振り返した。

　れおはれおで、はにかみながら小さく手を振り返している。

　なにをしても絵になるれおは、そんな仕草までもが王子様みたいでカッコいい。

　近くにいた女子も、れおをチラチラ見て頬を赤く染めていた。

　……相変わらずモテますこと。

　れおに促され、やっちゃんに続いて教室をあとにする。

　帰ろうとする私たちに、いろんな人が手を振って見送ってくれた。

「ねぇ」

「……？」

　横に並んで通学路を歩いている時は、れおの体の一部に触れて呼びかけるようにしている。

　補聴器をつけてはいるけど、外は騒音がひどくて声を聞きとりにくいだろうから。

「進路決めた？」

「俺？」

「うん」

　なんとなく胸がドギマギした。

　れおはちゃんと、私に話してくれるだろうか。

　思えば、こんなマジメな話をするのははじめてかもしれない。

「星ヶ崎高校に進学しようと思ってる」

「星ヶ崎、高校……？　それって、どこにあるの？」

　この辺でそんな名前の高校は聞いたことがない。

　もしかして、遠くの高校なのかな。

　私たち、離れ離れになっちゃうの？

　そんなの……嫌だよ。

　胸がギュッとしめつけられる。

「隣の県だよ。通いじゃ厳しいから、寮に入ることになると思う」

「寮……？　じゃあ、もう今みたいに逢えなくなるの？」

　どうして急にそんなこと……。

　昔は明倫学園に行きたいって言ってたじゃん。

　れおと同じ高校に行きたかったから、私だってコツコツ頑張ってきたんだよ？

　それなのに。

「星ヶ崎か明倫学園か。正直、今でも迷ってるけど……」

「なにを迷ってるの……？」

　なにを迷う必要があるの？

　れおは……私と離れ離れになっても平気なの？

　寮に入っちゃったら、簡単には逢えなくなるんだよ？

「俺、バスケがしたいんだ。星ヶ崎には、病院で知り合った同じ障害を持った先輩がいる」

「……っ」

　ドクンと胸が鳴ったのは、れおが遠くに行ってしまうかもしれないと思ったからでも、バスケがしたいって言いだしたからでもない。

　障害……。

　れおが自分の耳のことをそんな風に言ったから。

　れおはほかの人より少し耳が聞こえにくいだけで、普通の人となにも変わらない。

　れお自身、そう思ってると思ってた。

　だから、あらためて現実をつきつけられた気がしてショックだった。

　次第に涙があふれて目の前がボヤけた。

　どうして涙が出てくるのか、どうしてこんなにも胸が苦しいのかは、よくわからない。

『バスケがしたい』

　中学でもバスケをやってたれおだから、高校でもそうなんだろうなって思ってた。

「バスケなら……明倫学園でもできるじゃん！　どうして、そんな遠くの高校に行く必要があるの？」

　わかってる。

　これは、れおと離れたくないっていう単なる私のワガママだ。

　だけど、れおは私と離れても平気なんだって考えたら、

ツラくて胸がはりさけそうだった。

「一緒に明倫学園に行こうよ、れお……っ！」

　普通なら応援しなきゃいけないのに、止められなかった。

　やりたいことに向かってつき進んでいくれおに、置いていかれそうで怖かったの。

「夏休みに星ヶ崎高校の見学に行ったんだ。その時、その先輩と話してさ。ちょっとだけバスケをしているところも見せてもらった。コーチのひとりに難聴者がいて、先輩は楽しそうにバスケを習ってた。その時、俺もこの人にバスケを習いたいって強く思ったんだよ」

「……っ」

　迷ってるなんて言いながらも、れおは私を諭（さと）すようなやわらかい口調（くちょう）で言う。

　ほらね。

　れおの中ではもう決まってる。

　それなら、私がなにを言ってもムダ。

　きっと、考えは変わらない。

「もう、いいよ。れおの……バカ！」

　肩にかけたカバンの持ち手をギュッと握りしめ、れおの顔も見ずにダッシュでその場をあとにした。

　バカ。

　バカ……。

　れおのバカ！

　あふれてくる涙を指でぬぐいながら、横断歩道を駆（か）けぬける。

胸が痛くて苦しくて、うまく息ができない。

　私のワガママだって頭ではわかるのに、心が追いつかなかった。

「はぁはぁ」

　家まで猛ダッシュしたせいか、呼吸が荒くなる。

　胸がズキズキ痛むのは、走ったせいでもなんでもなく、原因はよくわかってる。

　れおの……バカ。

「おかえり。どうしたの？　そんなに慌てて」

　慌ただしく帰ってきた私に気づき、お母さんがふすまを開けて顔を出した。

「べつに……なんでもないよ」

　泣いたことを知られたくなくて、うつむきながらお母さんの横を通りすぎる。

「今日はれおくんの家に行かないの？　めずらしいわね、こんなに早いなんて」

「……行かない。今日は家にいる」

「そう。お母さん、夜勤だから夕飯用意しておくわね」

「うん……」

　お母さんとの会話を終えると、奥にある自分の部屋に向かった。

　昔はれおの家の斜め向かいの一戸建てに住んでいたけど、両親の離婚後はお母さんと小さなアパートに引っ越した。

　前に住んでた家から１kmほどしか離れていないオンボ

ロアパート。

　だけど、２DKのアパートはふたりで暮らすには申し分ない広さだ。

　看護師のお母さんとのふたり暮らしは、夫婦ゲンカが絶えなかった離婚前に比べたら快適だけど、ひとりで過ごす時間が多いから、時々さみしかったりもする。

　そんな時はいつも、れおがそばにいてくれた。

　れおといると、さみしい時間が楽しい時間に変わる。

　これまでずっとそうだった。

　同じ高校に行って、この先もそんな風にずっと続いていくんだと思ってた。

　それなのに……。

　れおがいない未来なんて想像できないよ。

　離れたくない。

　好きなんだよ……れお。

　部屋着に着がえ、ベッドにゴロンとうつぶせた。

　胸の痛みは消えてくれないどころか、どんどん大きくなっていく。

　私にとって、れおの存在がどれだけ大きかったのか、あらためて思い知らされた。

　れおなくして、私の未来なんてありえないのに。

　れおがいなきゃ、ダメなんだ。

　そんな私は、弱くてダメダメだね。

　またじんわり涙がにじんで、それを隠すように枕に顔を押しつけた。

それから３日後の朝。

「もう！　いつまで辛気くさい顔してんの？　シャキッとしなよ、シャキッと」

「ううっ、だって……ムリだよ」

「ムリじゃないでしょ、ムリじゃ」

「…………」

机でうなだれる私に活を入れるやっちゃん。

あきれ顔でこっちを見るやっちゃんの視線から逃げるように顔を下に向けて、机に額をくっつけた。

逃げ帰ったあの日以来、れおのことを避けてしまっている。

れおに何度か話しかけられそうになったけど、トイレに行くフリをして教室から出たり、目が合うとあからさまに顔をそむけたりしていた。

「いつまでもそんな態度じゃ、桐生くんに愛想尽かされるよ」

「そんなこと、ないよ……れおは優しいから」

そう、優しいんだよ、れおは。

だから、私に謝ろうとしてくれている。

でも、謝ってほしいわけじゃないの。

れおにどうしてほしいのか、自分がどうしたいのか、それがよくわからない。

だから苦しいし、モヤモヤするんだ。

「桐生くんが甘やかすから、しずくはヘタレになっちゃったんだね」

「ううっ……やっちゃん、ひどい」

　いくらなんでも、そこまで言わなくてもよくないですか？

　ドンッと背中に重みが加わったよ、今の言葉。

「しずくはどうしたいの？」

「わかんない」

「桐生くんのやりたいことを応援してあげないの？」

「……わかんない」

　応援してないわけじゃない。

　むしろ、れおのことを応援してるのはいつも一緒にいるこの私だもん。

　そのれおが私から離れていくという事実を、まだ受けいれられないんだよ。

　明倫か星ヶ崎かを迷ってるって、れおは言ったけど、私にはわかる。

　れおはきっと、星ヶ崎を選ぶだろうってことが。

　だって、ずっと一緒にいたんだよ？

　れおのことは、なんでもお見通しだ。

「星ヶ崎、だっけ？　しずくもそこを受験すればいいじゃん。そしたら、桐生くんとずっと一緒にいられるよ」

「私もそう思って調べてみたけど、私立の全寮制だから学費がバカ高くて……入学金が100万もする上に、毎月の授業料も20万するんだよね」

　そう言いながら、顔を上げて机に頬杖をついた。

「うわ、なにそれ。そんなの、一般家庭の人間には払えな

いな。さすがお坊っちゃま」

「……だね」

　やっちゃんに空返事をした私は、そっぽを向いて窓の外を見つめた。

　次の瞬間、「はぁ」とあきれたようなやっちゃんのため息が聞こえたので、視線をもとに戻す。

「しずくは、桐生くんがしずくに合わせて明倫学園を受験するって言えば満足なの？」

「…………」

　違う。

　私に合わせるなんてことはしてほしくない。

「れおのことは応援してる。星ヶ崎に行きたいなら、行けばいいと思う……でも、好きだから」

　好きだから、離れたくない。

　それってワガママかな。

「そしたら、その気持ちをありのまま伝えてみれば？」

「えっ!?」

　ありのまま……伝える？

　好きだから、離れたくないって？

「そ、そんなの、ムリに決まってるじゃん……っ！」

　あまりにも突拍子のないことを言うやっちゃんに、ついつい大げさに否定してみせる。

　声が大きくなりすぎて、周りのクラスメイトにチラチラ見られた。

　ううっ、恥ずかしい。

「どうして？　付き合っちゃえば、離れても案外平気でいられるかもしれないよ」

「つ、付き合うって……やっちゃんは簡単に言うけど、私なんかが告白してもフラれるのがオチだよ」

れおは私を幼なじみとしてしか見てないんだから。

「しずくでもダメなら、やつは男が好きだとしか思えないね。なんせ、マドンナの小百合もフラれたらしいから」

「え？　小百合ちゃんが？」

かわいくてフワフワして色白な小百合ちゃんは、私たちの中学では言わずと知れた有名人。

容姿がいい上にスタイルも抜群で、性格もいいときたらモテないはずがなく、他校からも会いにくる人がいるくらいの人気っぷりだ。

小百合ちゃんが、れおのことを好きだったことにもビックリだけど、そんな小百合ちゃんをフったれおにもビックリ。

「小百合ちゃんでダメなら、私なんてますますダメだよ」

「そんなの、告白してみなきゃわかんないでしょ！　しずくは桐生くんと幼なじみなんだし、両想いっていう可能性も大アリじゃん」

残念だけどね、やっちゃん。

その可能性はきっとないよ。

れおの優しさは私だけじゃなくて、みんなにも平等で差がない。

私だけが特別だなんて、そんな風には思えないんだ。

「まぁそう焦らずに、卒業式までに告白することを目標に
してみたら？」

「…………」

　なにも言い返せなかった。

　卒業式まであと6カ月と少し。

　そうしたら、れおと離れ離れになってしまう。

　それまでに告白なんて、できっこないよ。

「怜音ー、バスケしようぜ」

　昼休みに入り、教室内はガヤガヤ騒がしさを増していく。

　そんな中で聞こえたれおの名前に、鼓動がドキッと高
鳴った。

　れおのことを怜音と呼ぶのは、このクラスの男子でれお
の親友の相模大雅だけ。

　大雅とれおは幼稚園の頃からの仲で、小学校の時は一緒
にミニバスのチームにも入っていた。

　大雅はれおが遠くの高校に行くことを知っているのか
な。

　仲良く連れだって教室を出ていくふたりの背中を、ぼん
やり見つめる。

　……れお。

　何気なく心の中で名前を呼ぶと、突然れおが振り返った。

　そして、そのまま視線が重なる。

　遠目でもれおの魅力は健在で、スラッとしていてカッコ
いい。

見ていたことがバレたのが恥ずかしくて、とっさに目を
そらした。
　視界のはしに悲しげなれおの顔が映ったことに気づいた
けど、どうすることもできずにただ唇をかみしめる。
「怜音、さっさと行こうぜ。時間なくなる」
「おう」
　ふたりが教室を出ていったのが気配でわかった。
　わかってる。
　いつまでも、このままじゃよくないよね。
　れおとちゃんと話さなきゃ。
「桐生くん、しずくになにか言いたそうだったけど。この
ままでいいの？」
「…………」
　やっちゃんは鋭いというか、人のことをよく見ていてい
つも的確なことを言ってくれる。
「このままじゃ……やだ」
「だったら、追いかけなよ。桐生くんも、きっと待ってるよ」
「うん……！　やっちゃんごめん、ちょっと行ってくる」
「はいはい、人騒がせなんだから」
　あきれ顔を見せながらも、やっちゃんは優しく笑ってい
た。
　そんなやっちゃんに手を振り、私は教室を飛びだした。
　目指すは体育館だ。
　わき目も振らずに階段を駆け下り、体育館へと続く渡り
廊下をつっきる。

第1章 》》 41

　なにを話すかとか、なにが言いたいのかとか、いっさい
決めていないけど。
　それでも、れおと話したい。

　体育館に近づくと、速度を落として入口からそっと中を
のぞきみた。
　全力疾走したせいか息が苦しい。
　深呼吸をくり返しながら息を整え、足を踏みいれる。
　隅っこの目立たない場所に移動して、小さく三角座りを
した。
　中ではひとつのコートを使って、男子数人が楽しそうに
バスケをしている。
　その中に見つけたれおの姿に、胸がギュッとしめつけら
れた。
　真剣な顔でボールを追う姿も、腕で汗をぬぐう仕草も、
全部が全部カッコよくて見いってしまう。
　シュートが決まると笑顔で大雅とハイタッチをしている
姿なんて、まるで子どもみたい。
　楽しそうにプレイしちゃってさ。
　まるで、私のことなんて気にしていないみたい。
　それほど……バスケが好きなんだね。
　私は……れおからその笑顔を奪おうとしていたの？
　そんなの……最低だ。
　れおの悲しむ顔はもう見たくない。
　だったら……れおのことを心から応援してあげなきゃダ

メじゃん。

　自分ばかりがツラいと思って、れおの気持ちを考えていなかった。

　離れ離れになりたくなかった。

　ずっと一緒にいたかった。

　一方的な私の願いだってわかっていたけど、どうすることもできなかった。

　でもね。

　れおの笑顔を見て、決心したよ。

「キャー、桐生先輩カッコいいー！」

　耳をつんざく黄色い声にハッとする。

　辺りを見渡せば、いつの間にか体育館にはギャラリーがたくさん集まっていた。

　ひとりポツンと三角座りをする私は、完全に蚊帳の外状態。

　目をハートマークにして、れおに声援を送る後輩を見て、複雑な気分だった。

　やっぱり……れおはモテるよね。

　私なんて、相手にされっこない。

　なんだか気分が重くなり、さっきまでれおと話したいと思っていたのに、徐々にその気持ちが薄れてきた。

　もう戻ろうかな。

　れおは私に気づいていないだろうし、なにを話せばいいかわからないから。

　私がいなくなったって、誰もなんとも思わない。

第 1 章 ≫ 43

　私はそっと立ち上がり、体育館をあとにしようとした。
「しず！」
　だけど、背後から突然名前を呼ばれて自然と足が止まっ
てしまう。
　振り返らなくても、その声の主が誰なのか知っていた。
　私の大好きな人の声だったから。
「なんで戻ろうとしてんだよ？　しずが見てたから、頑張っ
てシュート決めたのに」
　背後から走ってきたれおは、私の前に立つと顔をのぞき
こんだ。
　目の前に見える整った顔にドキドキが止まらない。
　れおは私をドキドキさせる天才だ。
　無意識にドキドキさせるようなことをして、私を離れら
れなくさせる。
　ズルいよ、ドキドキしてるのが私だけなんて。
　れおも同じようにドキドキしてほしいだなんて、私のワ
ガママかな。
　赤くなった顔を隠すようにうつむく。
「ちょうど終わったところだから、一緒に教室に戻ろうぜ」
　れおの優しい声が耳に届いた。
　同時に手首をグッとつかまれ、ひっぱられる。
　私はれおにひっぱられるがまま、体育館の入口へと近づ
いた。
「えー、桐生先輩行っちゃやだ！」
「っていうか、あの人誰？　彼女？」

「彼女はいないってウワサだけど」

　ギャラリーからの悪意のこもった視線を、背中にビシビシ感じる。

　恐ろしくて振り返ることができず、うつむき気味のまま歩いた。

　れおには女の子たちの声が聞こえていないみたいだからよかったけど、後輩からもこんなに人気があるなんて知らなかった。

「れお、待って」

「……？」

　れおの腕を反対側の手でつかむと、れおはゆっくり私を振り返った。

「次の授業、サボろう。中庭に行こうよ」

「中庭？」

　一部だけ聞き取れなかったのか、確認するように私に問うれお。

　私は小さくうなずいて返事をした。

「わかった」

　れおはマジメだから断られると思っていたけど、意外にもあっさり了承してくれた。

　つかまれた腕が熱を持ったように熱くて、ドキドキが収まらない。

　中庭に着くまでの間、れおは時々私を振り返っては口もとをゆるめて笑ってくれた。

　眉が垂れ下がった悲しげな笑顔。

もう、完全に私の負けだ。

れお、私ね……れおのそんな笑顔は見たくない。

キミには心から笑っていてほしいから、そのためなら私はなんだってするよ。

たとえ離れ離れになろうとも、れおが笑っていてくれるならそれでいい。

木陰にあるベンチに並んで腰かけ、れおの腕をひっぱる。

そして、できるだけれおの右耳に唇をよせた。

「れお……ごめんね」

「ごめんって、なにが？」

わけがわからないといった様子で、キョトンとするれお。

「勝手なことを言って、れおを困らせちゃったから。私、れおと離れ離れになるのが嫌だった。でもね……」

でも、いつまでもれおに甘えるのはやめる。

「今は応援してる。星ヶ崎高校に行きたいんでしょ？」

「…………」

れおは私から視線を外すと、しばらくの間沈黙を貫いた。

変な緊張が走って全身がこわばる。

「うん。俺、星ヶ崎高校でバスケがしたい。かなり悩んだけど、やっぱりどうしても星ヶ崎がいい」

今までに見たことがないくらい、真剣な瞳だった。

いつもどんな時でも、優しく笑っていたれおの姿はどこにもない。

それだけで、れおの本気度が伝わった。

「うん……！　知ってる。応援してるから、頑張ってね」

ツラくて悲しいけど、私がガマンすればいいだけのこと。

　れおのためなら堪えられる。

　耐えなきゃいけない。

　なにも、一生逢えなくなるわけじゃないんだから。

　笑って、応援してあげなきゃ。

「たまには……帰ってきてよね！　私のこと、忘れちゃや
だよ」

　頬がピクピクひきつったけど、それをなんとかこらえて
思いっきり笑った。

　れおは安心したように息を吐いて「忘れるわけないだろ」
と、優しくつぶやいた。

　頭をポンポンなでられて、ガマンしていたはずの涙があ
ふれそうになる。

　やめてよ、そんなに優しい手つきでなでるのは。

　れおの手の温もりを手離したくないって思ってしまう。

　応援……できなくなっちゃうじゃん。

「しずに逢いに帰ってくるよ」

　うつむいた私の耳もとで、れおの優しい声がした。

穏やかな日々

「で、結局しずくは明倫学園を受験することにしたの？」
「うん、制服かわいいし。なにより、明倫以外に行きたい高校が思いうかばないから」
「そっか。まぁ、いいんじゃない？　動機がどうであれ、トップクラスの進学校に行ける頭があるんだから」
「やっちゃんは桜花女子だよね？　桜花も名門校じゃん」
「まぁね」

　やっちゃんも、本気を出せば明倫学園に受かると思う。

　だけど、桜花に通うことが小さい頃からの夢だったらしい。

　桜花は大学までエスカレーター式で、アナウンサーやテレビ局やマスコミ関連の会社に多くの卒業生が就職すると聞いたことがある。

　やっちゃんはアナウンサーを目指していて、夢に向かって頑張る気満々だ。

　この歳ではっきりした夢があるって、単純にすごいと思う。

　私なんてなにがしたいか全然わからないというのに。

　れおは将来どうしたいんだろう。

　夢とかあるのかな。

　聞いたことないけど、しっかりしてるから考えがあるのかもしれない。

私は……なにがしたいんだろう。

　自分のしたいことがよくわからない。

「しず、ちょっと」

　昼休み、やっちゃんがトイレに立った隙に、大雅が私のもとへとやって来た。

　大雅とれおは本当に仲がよくて、ふたりは常に一緒にいる。

　だけど、れおは今教室にいない。

　さっき先生に呼ばれて、どこかへ行ってしまったからだ。

「どうしたの？」

「うん、あの、さ……」

　威勢がいいのと元気さだけが取り柄の大雅だけど、今の大雅はかしこまっていて明らかに様子がおかしい。

　心なしか、顔が赤いような気もする。

　一体、なんなの？

「あ、もしかして、私に愛の告白？」

　私はニヤッと笑って大雅の顔を下から見上げた。

「ばっ、なわけねーだろうが、バーカ！　自惚れんなよ」

　ムキになってますます顔を赤くさせる大雅は、視線をあちこちに泳がせながら、かなりの挙動不審っぷりを発揮した。

　れおが黒髪爽やか系男子なら、大雅は茶髪のやんちゃ系男子。

　大雅には昔からイジワルばかりされているけど、なぜか

女子ウケはいいようで、れお同様にモテている。

「失礼な。そんなに必死になって否定しなくてもよくない？　冗談で言っただけじゃん」

「お前の冗談はいつも笑えねーんだよ！」

「はぁ？　じゃあ、そのモジモジした態度やめてくれる？」

「モジモジなんてしてねーし！」

「してる！」

「してねー！」

　大雅はれおよりも、はるかにガキッぽい。

　相手をしてたら日が暮れちゃうから、ここは仕方なく私が折れてあげることにしよう。

「で、なに？　用があるから話しかけてきたんでしょ？」

「ん？　ああ……」

　本来の目的を思い出したのか、さっきまでの威勢のよさは消えうせ、じっと私の顔を見つめてくる。

　あらためて見ると、たしかに大雅も整った顔をしているかもしれない。

　まぁ、れおの足もとにも及ばないけど。

「大丈夫か……？」

「え？」

　なにが？

「だから、怜音のこと。アイツ、遠くの高校に行っちまうだろ？　しずが泣いてるんじゃないかと思って」

「心配してくれたんだ？」

「ばっ、べつに心配なんかしてねーよ！　ただ、しずと怜

音は仲がいいから……」

「ふふ、ありがとう」

　口ではつっぱったことを言いながらも、優しい一面もある大雅。

　ねぇ、知ってる？

　それを心配してるって言うんだよ？

　おかしくて思わず笑ってしまった。

「な、なに笑ってんだよ？　バーカ！　俺は、しずの心配なんていっさいしてないんだからなっ！」

「はいはい、わかってますよ。でも、ありがとう」

「……っ」

　ニッコリ微笑んで見せると、大雅は言葉をつまらせ、なにも言い返してはこなかった。

　なにか言いたそうにプイと顔をそむけ、唇を尖らせている。

　耳が赤い気がするのは気のせいかな。

　それにしても、ガキだよね。

「もう、スネないでよ。私ね、れおのことは応援しようと思ってるの」

「べつにスネてねーし。応援、か」

　大雅は赤いままの顔でこっちを振り返りながら、ポツリとそうつぶやく。

「うん。離れ離れになるのはツラいけど、れおの笑顔を壊したくはないから」

「お前はそれで平気なの？」

「平気っていうか、それを乗りこえることが私の試練だから耐えてみせるよ」

　ガッツポーズをしてみせると、大雅は小さくフッと笑った。

「お前らしいな。ま、ツラくなったら話ぐらい聞いてやるよ。俺も明倫を受験する予定だから」

　得意げに大雅が鼻をすすった。

　アプリコットブラウンの彼の髪がサラリと揺れる。

　天然だって言いはっているけど、夏休み前は黒かったからムリがある。

「え？　大雅って、そこまで頭よかったっけ？」

「バーカ！　俺が本気を出せば、明倫なんて余裕に決まってんだろ？」

　得意げに語る大雅を疑いの目で見つめてしまう。

　私が思うには、死ぬ気で頑張らないと受からない気がするんだけど。

「俺、夏休み前から塾に通ってんだよ。この前の模試ではB判定だった」

「ウソ、信じらんない」

「そのうち見返してやるから、覚悟しとけよな」

　大雅も目標に向かって頑張ってるってことなのかな？

　だったら、私もウカウカしていられない。

　頑張らなきゃ。

　目指すべき進路が決まってから、私は本腰を入れて勉強

に取り組みはじめた。

　れおもれおで、もともと週2だった家庭教師の先生による授業が週4になり、ますます勉強に励んでいるようだった。

　れおの家に行く回数は極端に減ったけど、私も負けていられないと思って黙々と頑張った。

「あー、疲れたぁ。もう限界……ちょっと休憩」

　11月も半ばに入り、寒さが厳しくなってきた。

　部屋のコタツに入って勉強していた私は、疲れが限界に達して、いったん休憩を取ることに。

　今日は日曜日だから1日勉強に費やす予定。

　でも、それもたった数時間で挫折気味。

　コタツに入ったままコテンと大の字に寝そべり、目を閉じる。

　土日はいつもれおの家にいたから、ひとりで自分の家にいるのは変な感じ。

　れおに逢いたいなぁ。

　逢いにいっちゃダメかな。

　でも、勉強の邪魔をしたら悪いよね。

　なんて思いながら、すぐそばにあったスマホを手探りでつかむ。

　持ち上げて何気なくスマホをタップすると、タイミングよくメッセージが届いた。

　れおからだ。

　わわ、テレパシー？

慌てて画面を押してそれを開く。

『今、しずんちの前にいるんだけど。会える？』

ウソ!?

返事をするよりも先に、勢いよく起き上がって着がえをすませる。

そして、慌てて玄関に向かった。

「急に来てごめん」

ドアの向こうから現れたれおの優しい笑顔に、胸がしめつけられる。

休日に逢うのは本当に久しぶりだから、ものすごくうれしい。

しかも、れおのほうから逢いにきてくれるなんて。

「ううん、大丈夫だよ。あ、入って入って！」

私はれおの手を取って中へ引きいれた。

お屋敷みたいに大きなれおの家と違ってせまいし汚ないけど、れおは私の家のほうが落ち着くと言ってくれる。

「おばさんは？」

「今日は日勤だから、夕方にならないと帰ってこないよ」

「そっか。母さんがみかん持ってけって」

「わぁ、ありがとう！　れおんちのみかん、私も好き」

「うん、だから多めに持ってきた」

れおが差しだしてくれた袋に飛びつく。

桐生グループで取り扱ってる高級みかんは、ジューシーで甘くてとってもおいしいの。

冬になるとたくさんお裾分けしてくれるから、寒いのも

案外嫌いじゃなかったりする。

「あ、もしかしてみかん届けにきてくれただけ？　帰って勉強する？」

　思わず中に誘ってしまったけど、考えてみたらそうだよね。

　受験生だってことをすっかり忘れてた。

「ううん。みかんはついでで、しずの顔を見にきたってのがメインだから」

「……っ」

　れおは相変わらず、爽やかに笑いながら余裕たっぷりの表情で、ドキッとさせるようなことを言ってくれる。

　無自覚って一番ズルいと思うんだ。

「しず？」

「え？」

「ボーッとして、どうかした？」

「べ、べつに。なんでもない」

　目の前で目を丸くしながら首を傾げるれおは、本当に罪な人だ。

　こんなにもドキドキさせといて、微塵もそれをわかってないなんて。

「しずの好きなココアとお菓子買ってきたから、一緒に食べよう」

「うん……ありがとう。ちょうど、お腹が空いた頃だった」

「だと思った」

　コタツの上に散乱した教科書や参考書やシャーペン類を

片づけ、れおが買ってきてくれたお菓子をどっさり並べる。
「わぁ、チョコばっかり」
　夏のチョコはベタベタするから嫌いだけど、冬のチョコ
は大好き。
　とくに、あのパキッていう感触が好きなんだよね。
「これ、好きだって言ってたから」
「あは、好きだけど、同じの何個もいらないよー！」
「しずなら、これくらいは食べるかと思って」
「なにそれ、失礼ー。私、そんなに大食いじゃないんです
けど」
　なんて言いながら、チョコをひとつ口に入れた。
　うーん、甘くておいしい。
　やっぱり、疲れた体と頭にはチョコが一番。
「たまには、れおも食べればいいのに」
　ジェスチャーを加えて話すのは、もう当たり前のように
なった。
　声を聞き取りにくいれおに伝わりやすくするため、そう
したほうがいいとお母さんから教わったの。
　それ以来、私はできるだけジェスチャーを加えて話すよ
うにしてる。
「俺は、しずがおいしそうに食べてるのを見るだけで満足
だから」
「とかなんとか言って、本当は甘いものが嫌いなだけで
しょ」
「はは、バレた？」

「っていうか、知ってる」

「だよな」

　れおの屈託のない笑顔が好き。

　そばにいると、心が陽だまりみたいに温かくなる。

「れおは、絶対、人生損してるよ」

「チョコとか、この世の食べ物じゃないだろ」

「なに言ってんの。私の中で首位を争う食べ物なのにー！」

「はは、首位って」

「いいじゃん、それほど好きってことだよ」

「ほら、ココア。あったかいうちに飲んで」

「わ、ありがとう」

　ペットボトルのココアを受けとりフタを開けると、独特
の甘い匂いが漂ってきた。

　れおはブラックの缶コーヒーを飲もうとしている。

　苦いから私は飲めないけど、れおはブラックが好きでよ
く飲んでいる。

「ん？　ブラック飲みたいの？」

　じっと見つめていると、れおが私の前に缶を差しだして
きた。

　飲めないのを知っててそう聞いてくれおは、イジワル
な笑みを浮かべている。

「いらないよ、苦いもん」

「お子ちゃま」

「うるさい」

　わざとらしく頰を膨らませるとクスクス笑われた。

何気ないささいなやり取りが、すごく幸せ。

　あとどれくらい、こうしていられるんだろう。

　そんなことを考えると、さみしくて胸がはりさけそうに
なる。

　あと４カ月もしないうちに離れ離れになるなんて、まだ
実感がわかないよ。

　お菓子をひととおり食べ終え、ダラダラしながら過ごし
た。

　れおは自分からあれこれ話すタイプではないから、私か
ら話を振ることが多い。

　俳優の誰がカッコいいとか、来月公開の映画を観にいき
たいとか、クリスマスはどうしてるのかとか、年末はどう
するのかとか、お年玉でなにを買うかとか。

　ささいなことばかりだけど、れおのことならなんでも知
りたい。

「今年は受験生だから、クリスマスも年末もお正月もない
だろ。ましてや、映画なんてもってのほか」

「うっ、ですよね……」

　うん、わかってたよ。

　今年は受験生だから、おあずけだってことは。

　でも、今年のクリスマスとお正月が過ぎて春が来たら、
れおは遠くに行っちゃうじゃん。

　その前に形として残るものがほしいんだよ。

「じゃあ……受験が終わったら、デートしてくれる？」

「デート？」

「……うん」

　私たちはほとんどお互いの家で会っていたから、まともにどこかに出かけたことがない。

　こんな風に誘うのもはじめてのことだから、緊張して変に胸が高鳴った。

「どこに行きたいんだよ？」

「これから考える。ダメ、かな？」

　おそるおそる、れおの顔を見上げると、れおは口もとをゆるめてやわらかく笑っていた。

「いいよ。しずの行きたいところに付き合う」

「ほんと？」

「うん」

「やったぁ」

「はは、お子ちゃま」

　目を輝かせて喜ぶ私をれおが笑った。

　やっぱり好きだなぁ、れおの笑顔。

　私まで幸せな気持ちになれちゃう。

　お子ちゃまって聞こえたけど、今は機嫌がいいから聞かなかったことにしよう。

　ルンルン気分で「いつにするー？」とアプリの手帳を開いて、れおにつめよる。

　すると、れおも自分のスマホを出してカレンダーを開いた。

　れおの手もとをのぞきこみながら、自分の予定とすりあわせる。

私もれおも推薦入試だから、本命校の受験を1月末に控えている。

　それを考慮すると、デートは2月以降になるかな。

　それとも、全部の受験が終わってから？

「2月の最初の土曜日は？」

「土曜日って、2月4日？」

「うん、しずの誕生日」

「覚えててくれたの？」

　うれしい。

　誕生日にれおとデートできるなんて。

　ちゃんと覚えていてくれたなんて。

「当たり前。毎年プレゼント渡してるだろ」

「うん……！」

　あまりのうれしさに、私はれおの首もとに手を回して抱きついた。

「わ」と、れおの驚きの声が聞こえたけど、うれしすぎてそれどころじゃない。

　あーもう、早く来い私の誕生日。

　無意識に頬がゆるんで笑いがもれる。

　本当早く2月にならないかな。

「しず、苦しい」

　思わずニヤついていると、れおの声が聞こえてハッと我に返った。

　勢いよく抱きついた私を、れおは支えてくれている。

　寄りかかりながら首に手を回しているという現状を理解

して、いっきに頬が熱くなった。

「わ、ごご、ごめんっ！」

　わー、私ったら！

　いくらうれしいからって、れおに抱きつくなんて！

　恥ずかしすぎて、穴があったら入りたい気分だよ。

「しずって、うれしいことがあると誰かれ構わず抱きつくよな」

「そ、そんなことないよ」

「…………」

「ほ、ほら、抱きつくのはやっちゃんとか。男子はれおくらいだよ？　誰かれ構わずっていうのは、言いすぎだよ」

「こないだ、大雅の手をギュッてしてただろ」

　スネているようなれおの声に顔を上げる。

「えー？　いつ？　してないよ！」

「…………」

　あれ？

　なんだか、責められてるような気がするのは気のせい？

　無表情のれおの目が怖いんですけど。

　えへってかわいく笑ってみたけど、れおは笑ってくれなかった。

「無意識ってのが一番タチ悪いよ、しず」

　今度はあきれたような声がした。

「無意識……？　まったくもって、覚えがないんですが」

「それを無意識って言うんだろ。俺はいいけど、されたほかの男はカン違いするから、むやみにベタベタすんな」

「カン違い？　なにをカン違いするの……？」

「…………」

　れおの言ってることの意味がよくわからない。

「しずって、マジで小悪魔」

　ため息まじりにそうつぶやかれ、ますますわけがわから
なかった。

　とにかく、ベタベタしなきゃそれでいいってことだよ
ね？

　うん、そういうことにしておこう。

音のない世界〜怜音side〜

　月城しずく。

　物静かな俺とは違って、明るく元気な俺の幼なじみ。

　背は高くもなく低くもなく標準で、キレイというよりは童顔で幼さの残る顔をしている。

　クリクリした目がリスみたいでひ弱に見えがちだけど、実は、かなり負けん気が強くて人一倍の頑張り屋。

　さみしがり屋で泣き虫だけど、それを隠そうとしてムリをしていることもある。

　肩甲骨付近まで伸びた黒髪を、サイドでひとつにまとめてシュシュで結んでいるのが定番だ。

「わ、このふたり結婚するんだね。女優さんのほうは、前にイケメンアイドルとウワサになってたのにー！」

　かろうじて外の世界とつながっている右耳から、楽しげな声が聞こえた。

　声がしたほうを振り返ると、しずが目を輝かせながらテレビのニュースを観ていた。

　静かな場所で話していると、ほとんどの音や声は補聴器で聞きとれるけど、教室や騒がしい場所では騒音のほうがうるさくて会話が聞きとりにくい。

　小4の夏、交通事故に遭って命が助かった代償に、俺の中から音が消えた。

　補聴器なしでは騒音はもちろん、相手がなにを言ってい

るかも聞きとれず、まともに会話をすることができない。

　耳もとでかなりの大声で話してもらって、やっと聞こえるレベル。

　俺のように途中から聴力を失った人のことを、『中途失聴者』と呼ぶらしい。

　俺は比較的言語機能が確立されてから聴力を失ったから、話し言葉や発音に影響はない。

　音のない世界。

　それは、俺にとって静かすぎて、なんのおもしろ味もない世界だった。

「ねぇ、れお。れおってば」

　トントンと腕をつつかれ、顔を上げる。

　どうやら、ずっと名前を呼ばれていたみたいだけど、全然聞こえていなかった。

　しずの声はいつもスーッと胸にしみこんで入ってくるのに、考えごとをしていたせいだろう。

「れおは、どっか行きたいところある？」

　しずはいつも、まっすぐに俺の目を見て話してくれる。

　時にはジェスチャーを加えて、わかりやすいように工夫もしてくれる。

　そんなしずの優しさが胸をくすぐる。

　話の内容を聞き返すことが多い俺だけど、しずと話す時だけは違った。

　正直、会話の内容が全部聞こえているかと聞かれたらそうじゃない。

なにが言いたいのか、しずがなにを言っているのか、生まれた時からずっと一緒にいるから、なんとなく雰囲気でわかってしまう。

　だから、聞こえなくても会話が成り立つ。

　しずがそれをわかっているかどうかは微妙だけど、あっけらかんと笑っているところを見ると、気づいてないっぽい。

「それはしずが考えるんだろ？」

　俺がそう言うと、しずは「うん。でも……」と意味深に押し黙った。

　さっきまでテレビのニュースを見て楽しそうにしていたかと思えば、今度はなんだよ。

　コロコロ表情が変わるしずといると、飽きることがないから楽しい。

「れおは人混みとか好きじゃないでしょ？　騒音がひどいところは、頭が痛くなるって前に言ってたし。それなら、静かな場所のほうがいいのかなと思って」

　はっきりとは聞きとれなかったけど、たぶんそんな風に言ったんだと思う。

　しずはいつも俺のことを気にかけてくれるけど、その優しさはうれしくもあり、時々切なくもある。

「大丈夫だよ、騒音がひどいところは、補聴器なしで歩くから。しずが手をつないでくれてたら大丈夫」

「ほんと？　ムリしてない？」

「してない。しずが行きたいところに付き合うって言った

だろ」

「うん……！　ありがとう」

　そこでようやくしずは安心したように笑った。

　音のない世界。

　それでも、キミがいてくれる。

　それだけで、俺はこの世界も悪くないってそう思えるんだ。

『れお！』

　いつかのしずの声が鮮明に思い出される。

　補聴器で聞く機械混じりの変な声とは違う、ちゃんとしたしずの声だ。

　その声はしっかり耳に焼きついている。

　目を閉じると浮かんでくる、しずの声。

　ツラいことがあっても、しずのことを思い出して頑張るから。

　しずには心から笑っていてほしい。

　12月に入った。

　急激に冷えこみ、寒がりの俺にはマフラーと手袋が欠かせない。

　吹きつける風が冷たいというか、痛くて学校に着く頃には顔の感覚がなくなっていた。

　昇降口で上履きに履きかえていると、背中にドンッと強い衝撃が走った。

「よう、怜音！」

バランスを崩した俺の耳に届いたのは、機械混じりの陽気な声。

　俺のことを怜音と呼ぶのは、親友の大雅しかいない。

　こいつの声は大きくてよく通るから、はっきりと俺の耳にも届く。

　ずっと一緒にバスケをやってきた仲間であり、親友であり、大雅は気の許せる数少ない友達のひとりだ。

　少しガサツなところがあるけれど、それでもこいつのことは嫌いじゃない。

　ニヒヒといたずらっ子のように白い歯を出して笑う大雅を見ていたら、俺まで自然と笑顔になれる。

「英語でちょっとわかんねーとこがあってさぁ。あとで教えてくんねー？」

「いいけど、大雅がこんなに早く来るなんてめずらしいな」

「勉強でわかんねーとこをお前に聞こうと思って。明倫学園いまだにB判定だし、ちょっと焦ってんだよ」

　お調子者で勉強なんて大嫌いだと言っていた大雅も、ちゃんと受験生をやっているらしい。

　ガラにもなく塾にも通っているようで、大雅の変わりようには驚かされた。

　伊達メガネまでかけてマジメに見せ、先日までアプリコットブラウンだった髪は磯のりのようにまっ黒。

　どうしてランクが上の明倫学園を目指しているのかは聞いてないけど、なんとなく予想はついている。

　それでも俺は、大雅のことを心から応援している。

「ねぇ、れお。この問題なんだけど」

　教室に着くや否や、今度は参考書を手にしたしずが俺の
もとにやって来た。

　しずも頑張ってるから、俺も頑張る。

　離れるのはさみしいけど、自分が決めたことだから泣き
ごとは言わない。

「どの問題？」

「これなんだけど」

　しずのやわらかな髪が頬に当たる。

　至近距離にあるしずの顔に、ドキッと胸が高鳴った。

　ドキドキしているのがバレないように平静を装って参考
書をのぞきこむ。

　正直、問題なんて頭に入ってこなかった。

「どう？　わかる？」

　しずは俺がドキドキしているのを知らずに、その大きな
目を潤ませて俺を見上げる。

　薄ピンク色の唇と、ベージュのセーターの袖から見え隠
れする細長い指。

　いつの間にこんなに女子っぽく……かわいくなったんだ
ろう。

　この前まであどけない笑顔で笑っていたというのに、い
つの間に。

第2章
〜あふれる想い〜

隠された本音

　冬休みに入って、推薦入試までいよいよ1カ月を切った。

　塾に通っていない私は、れおにオススメしてもらった参考書や問題集を片っぱしから解き、入試に向けて全力を注いでいる。

　それでも、今日はクリスマス。

　受験生にはクリスマスもなにもないって、れおは言ったけど、ただ今ケーキを持ってれおの家に向かっています。

　勉強は、帰ってからちゃんとするよ？

　ちょっとだけ……ちょっとだけ、れおの顔を見にいく。

　甘いものが食べられないれおにブラックコーヒーを差しいれして、私はケーキを食べたらすぐに帰る予定。

　かなり広いれおの家の敷地には、プロによってキレイに手入れされた庭や噴水がある。

　建物は洋風でかなりオシャレな外観。

　王子様みたいなれおにピッタリ。

「あ、カナさん！」

　家の前まできた時、門のカギを開けようとしている仕事帰りのカナさんを発見した。

　カナさんはれおのお父さん。

「おう、しずくか。久しぶりだな」

「うん！」

　スーツをピシッと着こなすカナさんは、フェロモンたっ

第2章 ≫ 71

ぷりの笑顔で、私の頭を乱雑にガシガシなでた。

　サクさんもカナさんも、私を本当の娘のようにかわいがってくれて、母子家庭だからと今でもなにかと気にかけてくれている。

　れおの優しさはサクさん譲りで、外見はカナさん譲り。

　カナさんはかなりのイケメンで、過去に『メンズモンモン』という雑誌でファッションモデルをしていた経験があるらしい。

　なんでも、『メンズモンモン』が始まって以来のトップモデルだったんだとか。

「れおに逢いにきたのか？」

「うん。クリスマスプレゼントに、ブラックコーヒーを差しいれしようと思って」

「しずくは昔から、れおのことが好きだもんな」

　からかうような顔で私をちら見するカナさん。

　横顔が少しれおに似ていて、思わずドキッとしてしまった。

「そ、そうだよ、好きだよ。悪い？」

　れおの親にバレてるなんて、私ってそんなにわかりやすいのかな？

　うむむ。

　恥ずかしい。

「誰も悪いなんて言ってないだろ。すぐスネるよな、しずくは」

「れおにも同じこと言われた。さすが親子だね」

私がそう言うと、カナさんは幸せそうに微笑んだ。

「ほら、早く入れ。れおもしずくに会いたがってると思う
から」

「ほんと？」

「ああ。アイツ、しずくが来ない日は、そわそわして落ち
着きがないからな」

「えー！　れおが？　ウソだぁ」

　カナさんの言葉を冗談っぽく笑いとばした。

　だって、落ち着きをなくして、そわそわしてるれおの姿
なんて想像がつかない。

　もし本当だというのなら、ぜひとも私も見てみたい。

「アイツはただ大人ぶってるだけで、俺から見たらまだま
だガキだ」

「そりゃカナさんは大人だもん。私から見ると、れおはほ
かの誰よりも大人で冷静なタイプだよ」

「しずくはわかってねーな。アイツは俺に似て、かなり嫉
妬深いから気をつけろよ」

　嫉妬、深い？

　れおが？

　それこそ信じられない。

　そもそも、れおにとって私は嫉妬する対象には入らない
のに。

　そんなことを考えると自己嫌悪に陥りそうだったから、
頭を振って考えないようにした。

「今日晩飯食ってくだろ？　しずくがいたら、さくらも喜

ぶからな」

「カナさんごめん、今日はすぐ帰らなきゃ。一応受験生だからさ！　れおの邪魔もしたくないし」

「しずくもれおも、そんなに勉強してたら頭が爆発すんぞ。たまには息抜きしたらどうなんだよ」

　心配そうに私を見つめるカナさんは、眉を下げた笑顔でぎこちなく笑った。

　れおのことはもちろん、私のことも心配してくれているんだろう。

「大丈夫だよ。受験が終わったら、れおとデートする約束してるから」

「デートもいいけど、いいかげんお前らの関係をはっきりさせれば？　見てるこっちがもどかしいんすけど」

「関係って？」

「早く告って、くっつけよって話」

「ええっ!?」

　くく、くっつく？

　思わず目をパチクリさせる。

　それって、付き合えって意味？

　ムム、ムリ……だし。

　いや、私じゃなくてれおがね。

　そもそも、れおは私のことをそんな風に見てないんだから。

「ムリとか思わないで、しずくから押し倒すくらいの勢いで行けよ」

「な、押し倒すって……！　そんなことできるわけないで
しょ！　変なこと言わないでよ」
「ははは、冗談だろ」
　ケラケラ笑うカナさんをキッとにらみつける。
　まったくもう！
　これじゃ、どっちが子どもだかわかんないよ。
　そうこうしているうちに、いつの間にか庭を抜けて家の
前にたどり着いた。
　カナさんが変なことを言うから、なんだか緊張してき
ちゃったじゃん。
「お邪魔、します」
　いつもなら声を張り上げてするあいさつも、なんだか小
さくなってしまった。
　吹き抜けの天井には高級なシャンデリアと、玄関の壁に
はサクさんの趣味の油絵が飾られている。
　いつ来てもホコリひとつ落ちてない室内は、ハウスキー
パーさんによる努力の賜物。
　これだけ広い家の中を掃除するのは、大変だよね。
　広い家に住むのは憧れるけど、掃除するのが面倒だから
アパートでいい。
　以前れおにそう言うと、『しずらしい』と言って笑われ
た記憶がある。
　カナさんはやり残した仕事があると言って書斎に消えて
しまい、私はそのままれおの部屋へ向かった。
　れおの部屋は３階の奥にあって、そこに行くまでに結構

時間がかかる。

「しず」

「あ、れお！」

　部屋のドアを開けようとすると、先に中から開けられてしまい、そこかられおが笑顔をのぞかせた。

　お昼過ぎだというのにめずらしくスウェット姿で、髪の毛には寝ぐせがついている。

　もしかして、寝てた？

「窓から、しずと父さんの姿が見えた。入って」

「うん」

　部屋に入ると爽やかなスカッシュ系の香りがした。

　れおの部屋はいつもこの香りであふれていて、小さい頃からずっと変わっていない。

　フランスから取りよせているというオーダーメイドの香水で、マスカットをベースにした爽やかなスカッシュの香り。

　ここに来ると落ち着くのは、もしかしたら香水の香りのおかげなのかな。

「れお、寝てた？」

　髪の毛の隙間からのぞくれおの右耳には、補聴器は見当たらない。

　なので、ベッドを指さしながらジェスチャーを加えて聞いてみた。

「うん。さっきまで」

「やっぱり？　寝ぐせがついてるよ」

ベッドに腰かけたれおの髪の毛に手を伸ばす。

　サラサラの髪の毛からは、シャンプーのいい香りがした。

　寝ぐせ部分を直そうとしてみるけど、完全に形がついてしまっているから、なかなか直らない。

　ピョンと跳ねるれおの髪を見ていると、思わず笑いがこみ上げてきた。

　普段がマジメなれおだけに、こういう姿を見るのは稀だ。

「人の目の前で、なにニヤついてんだよ？」

「え？　やだなぁ、ニヤついてないよ」

　指摘されて、とっさに手で口もとを隠した。

「ふーん。これでも？」

「あ……！」

　口もとを覆っていた手をグッとつかまれ、そこから離される。

　すると、いまだに笑いの収まらない口角の上がった口もとがあらわになった。

「ほら、やっぱりニヤついてる」

「ニヤついてないよ。れおの寝ぐせがおかしくて、笑ってるの」

「同じだろ」

「えー、意味が全然違うよ」

「俺、時々しずがわからない」

「ふふ、そう？」

「はぁ」

　首を傾げてにっこり笑うと、れおはやれやれといった感

じでため息をついた。

「そうやってすぐ俺の髪に触るのも、平気でベッドに座るのも、全然理解できないんだけど」

「え？　だって、れおがそこに座るから。いつもは隣に寝転んだりしてるじゃん。あ、そうだ。差しいれにコーヒー買ってきたよ！　あと、ケーキも」

　どうして急に、そんなことを言うんだろうと疑問に思ったけど、手にしていたビニール袋のことを思い出した。

「さ、あっちで食べよう」

　立ち上がり、れおの手をひっぱる。

　だけど——。

　れおは空いたほうの手で私の二の腕をつかむと、グイッと思いっきり自分のほうに引きよせた。

　そして、そのまま私の肩を押してそこに沈ませる。

　なにが起こったかのわからない私の背に、たしかなシーツの感触があった。

　視線の先には天井があり、ベッドに押し倒されたんだということがわかった。

「れ、れお……？」

　私にまたがるれおの真剣な瞳に体が固まる。

　どこか大人の色気を含んだれおは、これまでの優しいれおじゃないみたい。

　トクンと鼓動が大きく高鳴った。

　それは次第に激しさを増して、心臓が口から飛びだしそうなほど。

れおは黙ったまま私を見下ろしていたかと思うと、今度はその手で私の髪をすくって口もとに持っていき、優しく口づけた。

「ど、どうしたの、れお……」

　一体、なに？

　どうして、髪にキスなんて……。

　ドキドキしすぎて、心臓が持ちそうにない。

　顔もまっ赤だ。

　なんで、こんなことをするの？

　わけがわからないよ、れお。

「今までの仕返し」

「え？」

「これで、ちょっとはしずもわかっただろ？」

「え……？」

　なにが？

　ますますわけがわからなくて、頭がおかしくなりそう。

　仕返し？

「まぁ、しずはお子ちゃまだからな」

　ニヤッと笑ったれおはいつものれおで、ますますわけがわからなくなっていく。

　さっきのは……なんだったの？

　夢？

　幻？

　れおが私を押し倒して、優しく髪にキスするなんて。

　状況をのみこめずにポカンとしている私を残して、れお

はヒョイと私の上から退いた。

　髪の毛に神経なんて通っていないのに、口づけられた部分がものすごく熱い。

「はは、まっ赤」

「だだ、だって……！　れおが、いきなりわけのわかんないことをするから！」

　赤くなったのを隠すように両手で顔を覆う。

　れおはそんな私を見て、おもしろそうにクスクス笑っていた。

　な、なんなの？

　私の照れてる姿がそんなにおもしろい？

　指の間からチラッと様子をうかがうと、思わず目が合ってしまって、さらに鼓動が跳ねた。

「言ったじゃん、仕返しだって。しずが俺にしたことを思えば、小さいもんだろ」

「わ、私がなにをしたって？」

「無自覚かよ、まったく」

「…………」

　さっきから会話がかみあってない気がするんですけど。

　私、まったくわけがわかりませんけど。

「ま、いいや。コーヒーがあるんだっけ？　向こうで休憩しよう」

「れおって、サラッとかわすよね」

「そう？」

　なんて言いながら意味深に笑ったれおは、私からビニー

ル袋を取り上げてガラステーブルの上に置いた。

　私はもちろんケーキなんて食べられるはずがなく、ドキ
ドキしすぎた鼓動を落ち着かせるのに、いっぱいいっぱい
だった。

「あ、そうだ」

　なにかを思い出したかのように、れおが口を開いた。

　れおはガラステーブルの下の台に手を伸ばし、小さな紙
袋を取りだす。

　その紙袋はキレイにラッピングされており、持ち手の部
分にはピンクのリボンが結んであった。

「クリスマスプレゼント」

　微笑みながら、私にそれを差しだすれお。

「え？　私に……？」

「うん」

「ウ、ウソ……だって」

　こんなの、はじめてなんだけど。

　まさかの展開にボーゼンとしてしまう。

　お互いの誕生日にはプレゼントを渡していたけど、クリ
スマスにもらったのははじめて。

「私、なにも用意してないよ」

「いいよ、俺が渡したかっただけだから」

「ありがとう。うれしい！」

　ヤバい、涙が出そう。

　れおからのはじめてのクリスマスプレゼントだ。

「開けてみて」

第2章 >> 81

「うん！」

　紙袋を受けとって、さっそく中身を取りだす。

　中には木箱が入っていて、表面には私でも知ってる高級ブランドのロゴが印刷されていた。

　ワクワクしながら木箱を開けると、出てきたのはハートの形をした小さな小瓶。

「香水……？」

「うん。しず、俺の部屋の匂いが好きだって言ってたから」

　私が好きだって言ったから、わざわざ用意してくれたの？

　特注品だから、わざわざ取りよせてくれたってことだよね？

　私の、ために。

「あ、ありがとう……うれしい」

「どういたしまして」

「もったいなさすぎて使えないよ」

「使ってもらわなきゃ、意味ないんだけど」

　目を潤ませる私を見て、れおが笑った。

　ううん、絶対に使えない。

「中身がなくなったら補充することも可能だから、俺や父さんや母さんに言ってくれればいいよ。ちなみに、その瓶は俺がデザインしたものなんだ」

「ウソ、れおが？　ハート？」

「しずをイメージしてみた」

「私って、ハートのイメージなんだ」

薄ピンク色に透けて、かなりかわいいハートの形をして
いる小瓶。

　れおの中の私のイメージって、こんな風に純粋な感じな
のかな。

　それはそれでうれしい。

「大事にするね！」

　私はれおに向かって微笑んだ。

「れおは将来の夢とかある？」

　少し型崩れしたイチゴのショートケーキを頬ばりなが
ら、向かい側に座るれおの顔を見つめる。

　もらった香水は木箱に戻して、元どおり紙袋にしまって
おいた。

「なんだよ、急に」

「いや、あるのかなぁって気になってさ。しっかりしてるし、
あるよね？」

「夢……ね」

　トーンダウンしたれおの声に眉をひそめる。

　遠くを見つめるその横顔には笑顔はなく、憂いを帯びて
いる。

　星ヶ崎高校に行きたいと言いだしたれおの目は、希望に
満ちていたというのに……。

　もしかして、聞いてはいけないことを聞いちゃったかな。

　余計なことを言っちゃった？

　……耳のことを気にしてるの？

　やりたいことがあるように見えるけど、今のれおはそれ

をあきらめてしまっているように思える。

「俺には夢なんてない。ただ、普通に生きていけたらいいと思ってる」

「……普通に」

「そう、普通に」

普通。

れおの言う普通がどんなものなのかは、私にもわかる。

普通の生活……。

それが、れおにとってどんなに難しいことなのかも理解しているつもりだ。

れおの苦しみや不安を完全に理解することは難しいけど、私にできることがあれば力になりたい。

その表情の裏にある胸のうちを聞かせてよ、れお。

たまには弱さを見せたっていいんだよ？

れおはひとりじゃない。

私だっているし、大雅だっている。

サクさんやカナさん。

みんな、いるんだよ？

「れお……」

「しず」

私の声を遮ってれおが口を開く。

れおは何事もなかったかのように「ケーキ、早く食べないと俺がもらうぞ」と微笑んだ。

甘いものが苦手で食べられないくせに。

そんな風にごまかされると、なにも聞けなくなり、れお

の本音がわからなくなる。

　れおは一体、どれくらいの本音を隠してきたのかな。

　私にはなにも言ってくれないから、わからないよ。

　話してほしいと思うのは、私のワガママなのかな。

　だって、私ばっかり、れおになにかをしてもらっているから。

　少しは恩返しがしたいんだ。

　キミの中にどれほどの苦しみが存在しているのか、知りたいと思うのはおせっかいなことですか？

「そりゃ、おせっかいなことだね」

「うっ。そんなはっきり言わなくても……」

　クリスマスから２日後の12月27日、午後１時35分。

　午前中にやっちゃんからのお誘いを受け、私たちはファストフード店にいた。

　受験勉強の息抜きをしようということで、勉強道具はいっさい持たず、スマホと財布だけを持ってやって来た。

「桐生くんは人に頼らずに、自分で道を切りひらいていくタイプじゃん？　きっと、人に相談するっていうこと自体が選択肢にないんだよ」

「選択肢にないって……そうなんだ？」

「しずくはなんでもかんでも人に頼ってるから、わからないだろうけどね」

「やっちゃん、ひどい。私だって、自分で道を切りひらいていけるもん」

「はいはい」

　テーブルをバンバン叩きながら猛抗議すると、サラッと流されて終わった。

　ううっ、ひどい。

「ま、桐生くんが自分からなにか言ってくるまで待ってみれば？　やつは簡単に人に弱みを見せるようなタイプじゃないよ」

「うーん、そうなんだけど。でも、だからこそ踏みこみたいっていうか」

　だけど、サラッとかわされて終わりそうな気もするし。

　っていうか、実際にかわされちゃったんだけど。

「桐生くんの場合、踏みこみすぎたら、逆に追いつめることになるかもしれないよ」

「そう、だよねぇ。難しいよね……いろいろと」

「ま、そんなに気負わずにさ！　人のことを気にかけるほど、余裕があるの？　明倫学園の推薦はひと筋縄ではいかないっていうじゃん」

「うぅ……それを言わないで」

　やっちゃんのイジワル。

　だけど1日中家で勉強してるとストレスがたまるから、こうして誘ってくれたやっちゃんには感謝だ。

　あと3カ月後には中学を卒業して新しい生活が始まるなんて、いまだに実感がわかない。

　やっちゃんともお別れかと思うと、しんみりして泣きそうになる。

楽しかった思い出があればあるほど、離れた時の喪失感^{そうしつかん}は大きいはずだ。

　まだ卒業したくないよ。

　ずっとずっと、中学生のままでいたい。

　大人になんて、なりたくない。

　れおと離れたくない。

「さーて、そろそろ帰りますか」

　やっちゃんのそのひと言で今日はお開きとなった。

　気分転換になったし、来てよかった。

　やっちゃんと話したことで、心が少しだけ軽くなったような気がした。

さまざまな想い

　毎年、年末年始は母方のおばあちゃんの家で過ごしていたけど、今年は受験生だからということで家での年越しとなった。

　お母さんは年末年始も仕事だったから、一緒にいる時間はあまりなかった。でも勉強ばかりしていたせいで、それほどさみしさも感じなかった。

　毎日吐きそうになるくらい勉強して、死んだように眠る日々。

　これまでの人生で、こんなに勉強したのははじめてかもしれないと思うほど、朝から夜まで頑張った。

　れおややっちゃんも頑張っているんだと思ったら、ツラくても頑張ることができた。

　そして、冬休みが明けた新学期初日。

「ずっと、好きだったの……よかったら、あたしと付き合ってください！」

　教室の前に着いた時、中からそんな声が聞こえてきた。

　まだ朝早いから誰も来ていないと思ったのに、どうやら違ったみたい。

　しかも、聞こえた会話の内容からして告白っぽいし。

　ドアにかけた手が止まり、そこから一歩も動けなくなった。

　周囲に人の気配はなく、シーンとした静けさが漂ってい

る。

　──ドキドキ

　自分が告白したわけでもないのに、なぜか変にドキドキ
してきた。

　ドアが閉まっているから、中が見えなくてもどかしい。

「ごめん……俺、誰とも付き合う気ないから」

　え……？

　この声って……まさか、れお？

　相手を確かめたくて、必死に耳を澄ませる。

「どうして？　あたし、桐生くんの優しいところが好きな
の。あきらめられないの！　だから、お願い」

　今にも泣きそうになっている女子の声は、ドア1枚隔て
た廊下に鮮明に響きわたった。

　この声は、三木さんの声かな。

　れおに聞こえやすいように、大きめの声で話しているん
だろう。

　思えば、告白の声も大きかった。

「なにを言われても、ごめんとしか言いようがない。今は
そんなことにかまけてる時間はないんだ」

「そんなことって……ひどい。せっかく勇気を振りしぼっ
て言ってるのに」

「ごめん。それでも、三木さんと付き合うなんてありえない」

「……っ」

　キッパリ言いきるれおに、三木さんは押し黙った。

　さすがにここまで言われたら、傷つくよね。

第2章 ≫ 89

　私だってそうだ。

　ここまでれおにキッパリ言いきられたら、かなり傷つく。

　でも、それでも。

　三木さんの告白を断ってくれて、ホッとしている私がいた。

「……わかった。困らせてごめん」

「俺のほうこそ、ごめん」

「いいよ、桐生くんはなにも悪くないもん」

　同じようにフラれるかもしれないというのに、ホッとしてる私は最低だ。

「なにやってんだ、んなとこで」

「ひゃあ」

　肩をポンと叩かれたことにビックリして、驚きの声が出た。

　動揺しすぎて、心臓がバクバクと激しく脈打っている。

「た、大雅……！　おどかさないでよ、バカ」

　目の前には寒さで鼻と頬をまっ赤にさせた大雅が立っていて、怪訝そうに私を見下ろしていた。

「しずが勝手にビックリしただけだろ」

「急に肩叩かれたら、誰だってビックリするよ」

「不審な動きしてるからだろ。なにやってんだよ」

「べ、べつに、大雅には関係ないでしょ」

「だったら、そんなところにつったってないで、教室に入れば？」

「わかってるよ」

仕方ないので、おそるおそる教室のドアを開けた。
　三木さんはチラッとこっちを見たけど、私だとわかると、あからさまにプイと顔をそらした。
　三木さんは、好き嫌いがはっきりしていて気が強い性格をしてるから、れおと仲がいい私のことが嫌いなんだと思う。
　れおは何事もなかったかのように、カバンの中から教科書を出して、机にしまっていた。
　一見すると、なにもなかったように見えるふたり。
　三木さんがれおに告白していたなんて、ウソみたい。
「しず、おはよう。大雅も」
「あ、うん。おはよう」
「よう、怜音！」
　あいさつを交わしたあと、私と大雅はそれぞれ自分の席に着いた。
　三木さんにギロッとにらまれた気がしないでもないけど、気にしないことにする。
　それにしても、れおって私になにも言ってくれないよね。
　これまでにも、たくさんの女子に告白されたんだろうけど、そういうことは私にはいっさい言ってくれないから、全然わからない。
　まぁ、そんな話は聞きたくないけどさ……。
　それでも気になってしまうのは、れおのことが大好きだから。
　いつ彼女ができるか不安で仕方ない。

でも、さっきは『今はそんなことにかまけてる時間はない』って言ってたし。

　それって、受験勉強が大変だから、今はいらないって意味だよね？

　今まで考えたことがなかったけど、れおって好きな人とかいるのかな。

　そういう話ってしたことないな。

　いたとしても、私に言ってくれるかどうかは微妙なところだけど。

「しずくー、おはよう！」

「やっちゃん、おはよう」

「なーに？　朝から難しい顔して」

「えー。そう？　そんなことないよ」

「だからー、しずくがそう言う時は、絶対なんかあるんだって」

　朝から元気なやっちゃんは、前の席に座ると、クルッと私のほうを振り返った。

　窓際の一番うしろが今の私の席で、私の前がやっちゃんの席。

　れおは廊下側の一番前の席だから、かなり離れている。

　やっちゃんの顔を見るふりをしてれおのほうを見ると、大雅とじゃれあっている姿が目に入った。

「ほらほら、なにがあったの？　話してみなさい。まぁ、どうせ桐生くん関連なんだろうけど」

「やっちゃん、するどい」

「しずくが考えることって、桐生くんのこと以外にないからね」
「う……」

　図星だからなにも言い返せない。

　そして、ついに観念した私は正直に全部話したのだった。
「桐生くんに好きな人がいるかって？　そんなの、見てたら丸わかりじゃん！」
「え？　誰っ⁉」
「誰って……ガチで言ってる？」

　やっちゃんは、ビックリしたように目を見開いた。
「かなりガチで言ってるけど」
「信じらんない」
「…………」

　ますます目をまん丸くするやっちゃんを見て、れおには好きな人がいるんだと確信した。

　いるなんて……知らなかった。

　そんなにわかりやすいんだ？

　私、鈍感だからなにも気づかなかった。
「気になるんだったら、本人に聞いてみなよ。もしくは、しずくから告白するかだね」
「ム、ムリだよ、私が聞いたって教えてくれないよ。それに、告白なんてもっとムリ」

　フラれるのがわかりきってるのに、告白なんてできるわけがない。

　れおの好きな人って、誰なんだろう。

見てたら丸わかりって、私には全然わからないよ。

　れおのことを一番よく知ってるのは私だと思っていたのに、違ったのかな。

　ズーンと心が沈んでいく。

　わかっていたようで、なにもわかっていなかったんだ……。

「まぁ、そう落ちこまずにさ。なるようにしかならないんだし、どっちかが素直になれば結果オーライだよ」

　やっちゃんは意味深に微笑むと、前に向き直った。

　そして、のんきに鼻歌を歌いながら、カバンの中身を取りだしている。

　いや、意味がわからないんですけど。

　普通、好きな人に好きな人がいるってわかったら、落ちこむでしょーよ。

　やっちゃんは恋をしたことがないから、わからないんだ。

　うん、きっとそう。

「ねぇ、やっちゃんって好きな人いないでしょ？」

　やっちゃんの背中に向かって声をかける。

「あたし？　いるよー！」

「えっ!?　ウソ！　いるの？」

　思わず大声を出してしまった。

　私の声に反応して、周りのクラスメイトがチラチラこっちを振り返っている。

　恥ずかしくなってうつむき、小さく咳払いをひとつした。

「そんなに驚くことないでしょ？　あたしだって、好きな人くらいいるんだからね」

「どうして教えてくれなかったのー？　全然知らなかった」
「聞かれなかったからね」
　悪びれもせず、やっちゃんはシレッとそう言った。
　たしかに、今まで聞かなかったけれども！
　それでも、教えてくれたってよくないですか？
　私たち、親友じゃなかったの？
　なんて、ここぞとばかりにそんなことを思ってみたり。
　やっちゃんは私の話を聞くばかりで、どうやら秘密主義
のようです。
　仲がいいからといって、なんでも知った気になるのはダ
メだってことかな。
　れおのこともそうだ。
　私の知らないれおが、まだまだいるのかもしれない。
　そう考えると、なんとなくさみしくなってしまった。
　オープンな性格の私はなんでも人に話したがるけど、そ
うじゃない人だっているよね。
　れおもやっちゃんも、そっちのタイプだ。
　まぁ、やっちゃんの場合は聞いたら教えてくれそうだけ
ど、れおはどうだろう。
　いろいろ考えていると予鈴が鳴って、みんな自分の席に
戻りはじめた。
「受験が終わったら、ゆっくりあたしの話も聞いてね！」
「うん、質問攻めにしちゃうんだからっ！」
「あはは、しずくに質問攻めにされるって変な感じ」
　それからすぐに担任の先生がやってきて、教室内はいっ

きに静かになった。

受験までもう少し。

とにかく今は、余計なことを考えずに受験勉強に専念する。

うん、頑張ろう。

そう思って授業に集中してみようとするけれど、やっぱり気になる。

れおの好きな人が誰なのか。

頬杖をつきながら、教卓のほうではなく、廊下側の一番前の席に座るれおを見つめる。

斜め45度の角度から、チラッとだけ見える真剣な横顔。

れおは先生の声を聞きもらさないように神経を集中させて、授業に聞きいっている。

相変わらず、マジメだなぁ。

それでも、ギャグを織り交ぜながら授業をする先生の時は、れおの真剣な横顔がフニャッとほころぶ瞬間がある。

その瞬間がたまらなく好きで、今みたいによく見つめてしまってるんだよね。

私って、本当にれおが大好きなんだなぁ。

はぁ。

思わずもれるため息。

「月城。ため息つくほど、先生の授業はおもしろくないか？」

「えっ……？」

私のため息は思いのほか大きかったようで、一番うしろの席なのにもかかわらず、教卓の先生のところまで届いた

ようだ。

　げっ、やばっ。

「す、すみません！　考えごとしてたら、つい……」

「考えごとー？　授業中にか？　どうせ、くだらんことでも考えてたんだろう？」

　あきれたような目で私を見る先生は、やれやれというように息を吐く。

「く、くだらなくなんかないです！　将来のこととか、いろいろ考えなきゃいけないことが……」

　れおのことを考えてたなんて、口が裂けても言えないよ。

「お前なぁ。今は授業中だろ？　将来のこともいいけど、もっと授業に集中しろ」

「はぁい、すみませんでした」

　素直に謝ると、先生は何事もなかったかのようにすぐに授業を再開させた。

　ぼんやりしていた間に板書はかなり進んでいて、私は慌ててシャーペンを握り直す。

　そしてノートに書きこもうとした時、どこかから視線を感じて辺りを見回した。

　すると、れおのうしろの席の大雅が振り返って私を見ていることに気づいた。

　不意に目が合い、お互いそらすことなく数秒経過。

　なに？

　私が首を傾げたのとほぼ同時に、大雅がフッと口もとをゆるめた。

バカにしたような、からかうような笑い方。

大雅はそのままプイと前に向き直り、ノートに集中しはじめた。

な、なんなのよ。

バカにしてー！

大雅のやつ、あとでこらしめてやるんだから。

れおは私と先生のやり取りが聞こえていなかったようで、ひたすらノートを取ることに集中している。

前に一度だけ、授業中の先生の声はほとんど聞こえないって言ってたことがある。

れおの成績がいいのは、家庭教師の先生の指導のおかげ。

でも、それ以上にれおが一生懸命頑張っているからなんだと思う。

そんなひたむきなところも、たまらなく好き。

ツラい時、悲しい時、どうしようもなくなった時、私を頼ってくれたらうれしい。

キミの一番になりたいんだ。

授業が終わり、文句のひとつでも言おうと大雅のもとに向かった。

「さっき、こっちを見てたでしょ？　なんだったの？」

「バカだなぁと思って見てたんだよ」

大雅は私を見て、再びバカにしたように笑った。

「なっ！　大雅って、ほんっと失礼！」

「どうせ、怜音のことでも考えてたんじゃねーの？」

「大雅には関係ないでしょ。れおの前で変なこと言わないでよ」

「べつに……変なことじゃないだろ。本当のことなんだし」

　目の前にれおが座っているにもかかわらず、お構いなしに大雅は続ける。

　聞こえてたらどうしてくれるの？

　なんて思いながら軽くにらみつけると、大雅は無表情にそっぽを向いてしまった。

　な、なんなの？

　大雅のくせに、生意気なんだから。

　だけど、その横顔はどことなく傷ついているように見えて、なんだか拍子抜けしてしまう。

　なによ、なんでそんなに傷ついたような顔してんのよ。

　なんか言ってやろうと思ったのに、そんな気は失せて、逆に心配になってくる。

「大雅、もしかして悩みでもあるの？　受験勉強でストレスたまってるとか？　うまくいってないんだ？」

「はぁ？」

「だって、思いつめたような顔してるから。私に当たることで、ストレスを発散してるんでしょ？」

「お前……究極のバカだな」

「はぁ？　せっかく人が心配してあげてるのに」

　バカだなんて、失礼しちゃう。

「ごめんねー！　しずくはバカなうえに鈍感だから、はっきり言ってあげなきゃわかんないの」

「やっちゃん！　なんでやっちゃんが謝るの？　しかも、バカで鈍感って……何気にひどいし」

　いつの間にか私の隣にいたやっちゃんは、冗談っぽく笑って、私の腕に自分の腕をからめた。

　私はそんなやっちゃんの腕をポカポカ叩く。

「相模くんがかわいそうで見てられなかったの。ほら、トイレ行こっ」

「大雅がかわいそうって……。それなら、私のほうがかわいそうだよ」

「はいはい、いいから行くよ」

　やっちゃんにひっぱられながら、あれよあれよという間に廊下へつれだされた。

「や、やっちゃん……トイレに行くんでしょ？　もう通り過ぎちゃうよ？　どこ行くの？」

「…………」

「やっちゃん？」

　廊下の途中にあったトイレを過ぎて、階段の踊り場まできたところで、やっちゃんはやっと足を止めた。

　なんだか、やっちゃんの様子がおかしい。

　一体、どうしたというのだろう。

　やっちゃん？

「受験が終わったらって言ったけど、今話すね」

「え？　なにを？」

　いきなりそんなことを言われても、意味がわからない。

「あたし、相模くんのことが好きなの」

「え……？」
　一瞬、なにを言われたのかわからなくてポカンとしてしまった。
　やっちゃん、今、なんて？
「だから……！　あたし、相模くんが好きなんだって」
「ウ、ウソ……！　え？　相模って……大雅のこと？　え？なんで？　やっちゃん美人なのに、なんで……どうして、大雅なの？」
　ありえないほどビックリしすぎて、テンパってやっちゃんの腕に指が食いこむほどキツく握ってしまった。
　だって……ありえないでしょ。
　やっちゃんが大雅を好きだなんて。
　どう考えても、大人っぽくて美人のやっちゃんには、ガキっぽい大雅は似合わない。
「なんでってて言われても……あたしだってわかんないけど。でも、それでも好きなの」
「そ、そっか……」
　いつもの強気な姿とは打って変わって、恥ずかしそうにモジモジしながらうつむくやっちゃん。
「そ、それでね……しずくが相模くんと話してるの見たらヤケるっていうか、モヤモヤしちゃって。話すなとは言わないけど、あんまり見たくないっていうか」
　やっちゃんの顔はまっ赤で、本当に大雅のことが好きだということが伝わってきた。
「わかった！　今度から気をつけるね！　そっかぁ……ま

さか、やっちゃんが大雅をね〜。今年一ビックリしたよ」

「へへ、そう？　今まで誰にも言ってなかったからね」

　かわいくはにかむやっちゃんは、恋する乙女の顔だった。

　れおのことを話す時は、私もこんなにかわいい顔をしてるのかな。

　だったら、いいのにな。

　やっちゃんの想いが通じますように……。

　幸せになれますように。

　声に出さずに、心の中で強くそう願った。

届かない声

　——ドキドキ

　——ドキドキ

　いよいよ今日は、待ちに待ったれおとの初デートの日。

　2月4日は私の15歳の誕生日でもあって、そんな特別な日に、れおとデートができるなんて夢みたい。

　昨日は緊張しすぎてなかなか寝つけなかったけど、目覚ましを何重にもセットしたおかげで寝坊はまぬがれた。

　寝不足だけどツラくはなくて、逆に元気すぎてテンションが上がってる。

　外は厳しい寒さが続いているけど、今日はオシャレして大人っぽいタイトなニットワンピを着てみた。

　このニットワンピは、お母さんからの誕生日プレゼント。

　かわいくて一目見て気に入ってしまった。

　ベージュのダウンを羽織ると、耳当てとマフラーをしっかり巻いて家を出た。

　今日の待ち合わせは、れおの家の前。

　行き先はずっと考えてたけどピンとくる場所が思いつかなくて、正直まだ迷ってる。

　いくつか候補を挙げて、れおに決めてもらおうと思ってるんだ。

　行き先はどこでもよくて、れおと一緒にいられる時間を楽しみたい。

あー、ドキドキするなぁ。

　歩いていると、口もとがゆるんで自然とニヤけてしまう。

　すれ違う人が見たら、ヤバいやつだって思うよね。

　でもね、私、今すっごく幸せなんです！

　飛びはねちゃいたいくらい。

「れお！　おはよう」

　門の前に立っているれおの姿が見えて、急いで駆けよった。

「おはよう。そんなに慌てなくてもよかったのに」

　相変わらず優しい笑顔をくれるれお。

　その笑顔に胸がキュンとうずいた。

　休みの日に朝から逢うなんて、かなり久しぶり。

「れおの姿が見えたら、居ても立ってもいられなくなって。それより、行き先なんだけど。映画か海かシャーロット展かショッピングなら、どれがいい？」

「決めてきたんじゃなかったのかよ？」

「うーん、やっぱりひとりじゃ決めきれなくて。れおにも意見を聞こうと思ってさ」

「はは、優柔不断」

「だよね」

　れおが笑ったので、私も笑って返事をした。

　れおの耳のことを考えたら、やっぱり人混みは避けたほうがいいような気がして決めきれなかったんだ。

「その中だと、シャーロット展かな。たしか、Ｓ駅で期間限定でやってるんだっけ？」

「そうそう！」

　私は絵にそこまで興味はないけど、れおの家に飾られている油絵は好き。

　実はれおの家にある油絵は、画家のシャーロットが描いたものなのだ。

　だから、シャーロット展にはすごく興味がある。

「じゃあ、行くか」

「うん」

　れおの家から駅までは徒歩10分程度で、そこから電車に乗って30分のＳ駅を目指す。

　今日の天気は晴れで、太陽が照っているから外を歩いていてもそこまで寒くはない。

「本当は、れおんちの裏山から星も観たいんだけどね～！」

「冬は野生動物も出ないから、いつでも行っていいって母さんが言ってた」

「ホント？　やったー！　なら、今日行こうよ！」

「さすがに今日は、夜まで帰らなかったら、しずの母さんが心配するだろ」

「えー、そんなことないよ。いつもは夜まで一緒にいるじゃん」

「冬は寒いし、風邪引いたら困るだろ？」

　苦笑しながらなだめるように話すれおは、私を説得にかかってくる。

　「また今度な」と言われて、しぶしぶうなずくしかなかった。

第2章 ≫ 105

　最近は受験勉強でお互い忙しかったこともあり、こうして ふたりでいること自体がすごく久しぶり。

　推薦入試で受かれば万々歳だけど、落ちたらまた勉強ばかりの日々が続くわけだ。

　それなりに手応えはあったし、面接でも聞かれたことに対してソツなく答えられたと思う。

　あとは本当に結果を待つだけ。

　れおはれおで手応えがあったようで、受験が終わるとスッキリしたような表情をしていた。

　お互い、いい知らせがくるといいな。

　休日ということもあって、電車はかなり空いていた。

　暖房の効いた車内はすごく心地よくて、しばらく揺られているとウトウトとまぶたが重くなってきた。

　ダメダメ、せっかくのデートなんだから寝たらもったいないよ。

「眠いならムリせず寝ていいから。着いたら起こすし」

「大丈夫……！」

「強がっても、どうせ寝るくせに」

「ね、寝ないもんっ！」

　意地を張ってみたけれど、れおの言うとおり、そのすぐあとに夢の中へと吸いこまれていった。

　ガタンゴトンと電車の走行音や揺れを遠くに感じて、体の力が抜けていく。

　れおの隣は落ち着くというか、すごく安心する。

「しず、もう着くから起きて」

「んっ……」

「ほら、もうすぐ降りるから」

「うー……ん」

　寝ぼけ眼のまま目をこする。

　視界がボヤけてモヤがかかっているみたい。

　次第にはっきりしてくると、れおの整った顔が目の前に見えてドキッとした。

　寝起きにれおの顔は反則だよ。

　いっきに眠気が覚めて、意識を取りもどした。

　Ｓ駅はわりと大きめの駅で、駅隣接のショッピングセンターなんかもたくさんあって、１日いても飽きないデートスポット。

　シャーロット展のあとは適当にランチして、その辺をブラブラしようということになった。

「すごかったよね、シャーロット展！　とくに一番最後の天使の絵！　私、感動しちゃった」

　大きいキャンバスに描かれた天使に惹きつけられて、10分くらいそこから動けなかった。

　れおも天使の絵は気に入ったようで、ふたりして絵の前でボーゼンと立ちつくしていた。

　撮影禁止だったから写真は撮っていないけど、色濃く頭の中に焼きついてるから忘れることはないと思う。

　それほど、感動的ないい絵だった。

「俺も、あの絵は好きだな」

「ペガサスは嫌いって言ってたもんね。私は好きだけど」

「ペガサスは色合いがパステルっぽいからな」

　なんて言いながら、れおは水をひとくち含(ふく)んだ。

　オムライスを食べたいという私の希望で、ショッピングセンターの中にあるオムライス専門店に来ている。

　さすがにお昼時とあって、お店の中は満員だ。

「明日までって知らなかったから、今日来れてホントによかったね」

「だな」

「いつかまた、観にいこうね」

「うん」

　そう約束したところで、ちょうどオムライスが運ばれてきた。

　おいしそうないい匂いを漂わせている、クリームチーズオムライス。

　れおはミートソースがベースのオムライス。

　ふたりでいただきますをして、さっそく食べはじめた。

「うーん、おいしい！　やっぱりここのオムライスが一番好き」

「俺も」

「だよね、おいしいもんね。あ、そうだ！　れおに聞きたいことがあるんだけど」

　視線を上げると、れおはしきりに右耳を触っていた。

「聞きたいこと？」

「そう、聞きたいこと」

「なに？」

「うん、あのね。大雅って、その……好きな人とか、彼女っているの？」

　そう発言したとたん、れおの眉がピクッと動いた気がした。

　きっと、聞こえていたはず。

　それでもまだ、れおは右耳を気にして触っている。

「なんで？」

「え？　いや……その、なんとなーく、どうなのかなって」

　れおの雰囲気が明らかに変わったような気がして、思わず声が小さくなる。

　やっちゃんが大雅を好きなことは、さすがに言っちゃダメだよね。

　そう思ってうまくごまかしたのがダメだったみたい。

「気になるってことは、しずは大雅のことが好きなんだ？」

「え？　なんでそうなるの？」

　私が好きなのは大雅じゃなくて、れおだよ。

　さすがに恥ずかしいから、こんなところでは言えない。

　いや、こんなところじゃなくても言えないけど。

「ふーん、そっか」

　明らかにトゲがある、れおの声。

　あ、あれ？

　なんかスネてる？

　この様子じゃ、完全に誤解してるよね。

「あ、あのね、本当に大雅のことはなんとも思ってなくて」

「べつにいいよ、隠さなくて」

「か、隠してなんか」

「大雅は、男の俺から見てもいいやつだと思う」

「だから、そんなんじゃないってば」

　違うのに伝わらない。

　なにを言ってもれおに信じてもらえなくて、悲しくなってきた。

　右耳を触っていたれおは、なぜか補聴器を外してその小さな機械をポケットの中に押しこんだ。

「ど、どうしたの？」

　なんで、いきなり補聴器を外したの？

　私の言葉はもう聞きたくないってこと？

　悪いように思考を巡らせる。

「電池切れ」

「え？　電池？」

「うん」

「大丈夫なの？」

　補聴器を外して音から遮断されたれおにわかりやすいよう、できるだけ短く単語でそう口にする。

　なんていうタイミングの悪さで電池切れになるの。

　せめて、誤解をといてからにしてほしかった。

「なくても問題ないから」

　大丈夫だと言うのでそのままデートを続行することになったけど、さっきのやり取りからなのか、なんとなくわだかまりが残っている。

だけど今さら蒸し返して誤解をとくのもなんだし、また今度説明すればいいよね？

　わかって、くれるよね？

「れお、お金」

　お店を出たあと、まとめてお会計をしてくれたれおの肩を叩いて千円札を渡そうとした。

「いいよ、今日はしずの誕生日なんだし」

「でも」

「変なところで気を遣わなくていいから」

「あ、ありがとう」

　戸惑いながらも、れおに向かってペコッと頭を下げる。

　素直にその言葉に甘えることにした。

「どういたしまして」

　さっきまでのわだかまりがウソのように、優しくにっこり笑うれお。

　私はそんなれおを見てホッと胸をなで下ろした。

　よかった、もとに戻ったみたいだ。

「しずの誕生日プレゼントを探しに、その辺ブラブラしよう」

「え？」

「今年は一緒に選ぼう」

「うん！」

　うれしくて頬がゆるむ。

　毎年れおが選んだプレゼントをもらえるのもうれしかったけど、一緒に選べるのもうれしい。

こんなに幸せでいいのかな。

なんだか、怖いくらいだよ。

れおの好きな人って……誰なんだろう。

もしかして、私……？

いやいや、絶対にそれはないよね。

幼なじみだから、優しくしてくれてるだけ。

れおはみんなに優しいから、自惚れちゃダメ。

それでも、私だったらいいなって、心の奥でそんなことを思った。

ショッピングセンターの中を歩いて回り、オシャレな雑貨屋さんに来た時だった。

かわいい雑貨たちに目を奪われているうちに、いつの間にかれおの姿が見えなくなった。

集中しすぎると、ひとりでウロウロしてしまうクセがある私のせいだ。

昔はお菓子売り場をひとりでウロチョロして、よくお母さんに怒られたっけ。

「すっごいカッコいいですよね！　おひとりですか？」

「もしヒマなら、私たちと一緒に遊びましょうよ！」

女の子たちのキャピキャピ声が聞こえて、ふとそこを見る。

そこには派手な女子ふたりに囲まれたれおが、困惑顔で立っていた。

れおはいきなり声をかけられて、わけがわからないといった様子。

相手がなにを言っているか聞こえないから、困っている
んだろう。

　っていうか、それ逆ナンだからっ！

　マジメに相手しなくていいよ、れお！

「私のツレになにか用ですか？」

　慌てて駆けより、女子ふたりとれおの間に割って入った。

　れおは私の姿を見るとホッとしたように安堵の息をもら
す。

「え、なに？　あんた、彼女？」

　ふたりのうちのひとりが、私のことを上から下までなめ
回すように見つめて無愛想につぶやく。

　れおに向けていたキャピキャピ声とはえらい違いだ。

「ただの幼なじみですけど」

「幼なじみ、ね。だったらいいじゃん、あたしらと遊びに
いこうよ」

　女子はフンと鼻を鳴らしながら私から顔をそらすと、私
に見せつけるようにわざとらしくれおの腕を取った。

　女子にひっぱられながら、れおが困惑顔で私を見つめる。

「しず、どういうこと？　この人、なんて言ってる？」

　れおは自分が言いよられていることなんてつゆ知らず、
私と女子の顔を交互に見て、いまだ困惑顔を浮かべている。

　私は再びその女子の前に立ちはだかった。

「やめてもらえませんか？」

「いいじゃん、ちょっと遊ぶだけだし。なにより、本人は
嫌がってないんだし」

「それは」

　聞こえてないだけで、聞こえてたらこんな誘いなんてすぐに断ってるはずだもん。

　もうひとりの女子は「サエ、もうやめようよ」と止めに入っているけど、サエは聞く耳を持っていない。

　それどころか、さらにれおの腕を強くひっぱった。

「すみません、俺、耳が悪くて。あなたが、なんて言ったかわからないんです」

　そんなサエの動きを止めたのは、れおの声だった。

「え？　は？」

　サエは目をパチクリさせながら、れおの顔をまじまじと見つめる。

「俺、耳が聞こえないんです」

「え？　ほんとに？」

「はい。それに今はツレとデート中なので、こういうことは迷惑です」

　……れお。

　ほらね。

　れおは、はっきりキッパリ断ってくれた。

　逆ナンされたなんて微塵も思ってないだろうけど、雰囲気でなにかを察したんだと思う。

　ツレとデート中……デート。

　なんか、響きがいいな。

「あは、は。なんか、ごめんね？　耳が聞こえないなんて知らなかったからさっ！　知ってたら、声かけてないし」

思わず頬がゆるみそうになった時、サエがあからさまに
頬を引きつらせて申し訳なさそうに謝った。

　そしてもうひとりの女子に「ほら、行くよ！　なにボサッ
としてんの」と言い、逃げるようにそそくさと去っていく。

　私とれおは、そんなふたりをポカンとしながら見つめて
いた。

　な、なんだったんだろう。

　かなり強引でしつこかったくせに、れおの耳が聞こえな
いと知ったとたん、逃げるように去っていくなんて。

　れおの耳が、聞こえないから……？

「しず、ほら行こう」

「え？　あ」

　れおにダウンの裾をひっぱられて我に返った。

「誕生日プレゼント、選んでる途中だっただろ」

「うん……そうだね」

「気に入ったの見つかった？」

「それは、まだ」

「俺も一緒に選ぶよ」

「ありがとう」

　そのあと、れおと何事もなかったかのように雑貨を見て
回った。

　アクセサリーも置いてあって、自然とそこに目がいく。

　かわいいけど、かわいいけど！

　彼氏でもないれおからはもらえないよね。

　この先、れおと両想いになれたら……いつか、ほしいな。

なんて。

「なに赤くなってんの？」

　視界のはしに、ヌッと現れたれおの横顔。

　私はビックリして目を見開いた。

「な、なってない！　なってないからっ！」

「ぷっ、焦りすぎ」

　クスクス笑われて、ますます顔が赤くなった。

　は、恥ずかしい。

　恥ずかしすぎるよ。

　両頬を手で覆うと、れおはさらに目を細めて笑った。

　その笑顔にドキドキして、胸がキュンとうずく。

　火照った顔をパタパタ手であおいだ。

「これ、いいじゃん。しずにピッタリ」

「え？　どれ？」

「これ」

　れおが指さしたところを見ると、キラキラした小さな星がトップについているネックレスが目に入った。

「わぁ、かわいい！」

　大きすぎない星のサイズが私好みで、一目見て気に入ってしまった。

　さすが、れお。

　私の好みをわかってるなぁ。

「じゃあ、それをプレゼントするよ」

「で、でも……」

　ネックレスだよ？

そういうのって、普通彼女にプレゼントするもんで
しょ？

　れおにとって、私はいったいなに？

「俺からのアクセサリーは受けとれない？」

　さみしげな瞳で私を見下ろすれお。

　そんなわけない。

　そんなわけないじゃん……！

　むしろ、めちゃくちゃうれしい。

　ブンブン首を大きく横に振って否定する。

　すると、れおはホッとしたように頬をゆるめた。

「じゃあ、それをプレゼントする。もう決めたから、拒否
するのはなし」

「え？　で、でも」

　れおはネックレスを手にすると、あたふたする私を残し
てレジへ向かった。

　いいの、かな？

　れおの特別だって、自惚れてもいい？

　誰よりも大切な存在なんだって、そう思ってもいいの？

　こんなことをされたら、誰だって期待しちゃうよ。

「お待たせ。はい、これ」

　なんとなくお店の外で待っていた私に、れおはかわいく
ラッピングされた包みを差しだした。

　爽やかにはにかむれおから、両手でおずおずとその包み
を受けとる。

「誕生日おめでとう」

「ありが、とう」

「どういたしまして」

「大事にするね」

　大事すぎてつけられないから、部屋に飾っておく。

　毎日眺めて、その度に今日の幸せな日のことを思い出すんだ。

　そしたら、離れ離れになってもさみしくないでしょ？

　プレゼントを選ぶのに歩き疲れた私たちは、フードコートで休憩することにした。

　私の好きなクレープ屋さんがあったので、私はイチゴのカスタードクリームのクレープとオレンジジュースを、れおはホットコーヒーを頼んだ。

　そして、日当たりのいい窓際の席に座る。

　おやつ時だからなのか、お昼を過ぎたというのにフードコートはまだ混雑していた。

　ガヤガヤうるさいけど、この雰囲気は嫌いじゃない。

「しず、クリームついてる」

「え？　やだ、恥ずかしい」

　空いていたほうの手で、とっさに口もとをぬぐう。

「そっちじゃなくて、こっち」

　れおのキレイな指が私の口もとに伸びて、クリームをそっとさらっていった。

　手が触れた瞬間ビクッとなって、次第にそこが熱を帯びたようにジンジンしはじめる。

　ほら、そうやってすぐ私をドキドキさせるようなことを

する。

　れおって、本当に罪だよね。

「うわ、あっま」

「なななな、なめた……！」

　なめたよ、今。

　私の口もとのクリームをぬぐった手をペロッと。

「だって、手についたままだったし。それに、お約束かなと」

　わああ、恥ずかしすぎて顔から火が出そう。

　なんで、そんなことがサラッとできちゃうわけ？

　その仕草がやけに色っぽくて、なんだか知らない人みたいに見えた。

　ますます、れおがわからなくなる。

　ねぇ、れお……。

　私のこと、どう思ってるの？

　気になりすぎて、のどもとまで言葉が出かかった。

　このまま声にすることができたら、きっと楽になる。

　わかっているのにできないのは、自信がないからだ。

　でも、いいかげんはっきりさせたい。

　このまま……モヤモヤしたまま過ごすのは嫌だ。

「れお」

「…………」

「れお……」

　小さな私の声は、辺りの騒音にかき消された。

　体に触れるか、合図をしてれおに話しかけなきゃ気づいてもらえないと知っていながらも、それができない。

私の意気地なし。

　頑張ってれおに想いを伝えなきゃ。

　こんなチャンスは、もうないかもしれないよ？

「れお」

　私ね……。

「れおのことが好きだよ」

　またもや、私の声は騒音にかき消された。

　届けたい人に届く前に、儚く散ってしまった。

あの日の後悔

「さっきのイケメンくん、かなり惜しかったよねー！」
「ほんとほんと！　王子様みたいでカッコよかったのに、耳が聞こえないなんて」

　ん？

　まさか、そんなはずはない。

　きっと、違うよね。

　自分にそう言い聞かせて、クレープを頬張る。

　れおはすでにコーヒーを飲み終えて、スマホをいじっていた。

「幼なじみの女、イケメンくんのことが好きなのかな？」
「えー、それはないんじゃない？　だって、聞こえないんだよ？　一緒にいて会話ができないとか、ありえないって」
「だよね。手話で話したりしてるのかな？」
「ぷぷっ、手話って。大変そう」

　どこか聞き覚えのある声と、会話の内容が気になって聞き耳を立てた。

　声は私のすぐうしろのテーブルから聞こえてくる。

　まさか、さっきの女子たち？

　おそるおそる振り返ってうしろの様子をうかがうと、予想どおり、そこにはさっきの女子ふたり組が、ハンバーガーにかじりついていた。

「ほーんと、あれだけカッコいいのにもったいないよね。

かわいそう」

「あたしの彼氏、耳が聞こえないんだー！　なんて言ったら、絶対みんなにドン引きされそう」

「さっきのサエのドン引きっぷりも、かなりすごかったけどね」

「えー、だってさぁ！　普通引くでしょ、あんなこと言われたら」

「まぁね」

　女子ふたりは、楽しそうに笑ってキャッキャッとはしゃいでいる。

　だんだんイライラして、いつの間にか拳を固く握りしめていた。

　なにも知らないくせに……。

　れおのことを、なにも知らないくせに。

　ドン引き？

　ふざけるな。

　握りしめた拳が怒りで震える。

　耳が聞こえないからって、不幸だって決めつけないで。

　かわいそうだって、同情なんかしてもらう義理もない。

　なにより……人一倍優しい私の好きな人を、けなさないで。

　なにも知らない赤の他人に、れおのことをあれこれ語ってほしくない。

　れおのことを誰よりも知ってるのは、この私。

　耳が聞こえなくたって、れおへの気持ちは変わらない。

物心がついた時から、ずっと好きだったんだから。

　世の中にはいろんな人がいるから、みんながみんな優しいわけじゃないことは知っている。

　こんな風に、障害を持った人をバカにして笑う人もいるんだ。

　……悔しくてたまらなかった。

　ムカついてどうしようもなかった。

　唯一の救いは、ふたりの声がれおには聞こえていなかったこと。

　補聴器の電池が切れていてよかった。

　ごめんね、れお。

　れおは不便に思っていたかもしれないけど、私はホッとしてしまった。

　優しいキミを、これ以上傷つけたくなかったの。

　傷ついたり嫌な思いをするのは、私ひとりで十分だ。

　だって、れおはもう十分傷ついてる。

　その傷を半分、私が背負ってあげたいの。

「あー、彼氏がほしい！　連れて歩くのに困らないような、最強なイケメンの彼氏が！」

「サエは面食いだもんね」

「まぁね。でも、さっきみたいな欠陥のある人はお断りだけど」

「あはは、たしかに！」

　高らかな嘲笑と、明らかにれおを差別する言葉にガマンができなくなった。

カッと頭に血が上って、気づくとテーブルを両手で思いっきり叩いていた。

　あんたたちは……。

「れおのなにを知ってるの!?」

　振り返ってふたりに向かって叫んだ。

　怒りのあまり、声が震える。

　こんなにも誰かに怒りを覚えたのは、生まれてはじめて。

「なに？　誰？」

「ほら、さっきの女……！」

「げっ」

　ようやく私に気づいたのか、ギョッとするふたり。

　なにも知らないくせに……れおのことをバカにしないでよ。

「恥ずかしいとか、勝手なこと言わないで！　れおは……れおはね、あんたたちなんかより、ずっとちゃんとした人間だよ！」

「な、なにムキになってんの？　意味わかんない」

　私の剣幕に圧倒されたのか、サエが引き気味に声をもらす。

「こっちのほうが、あんたたちなんかお断りなんだからっ！二度とれおのことを悪く言わないで！」

　悔しくて、苦しくて胸がはりさけそうだった。

　自分の悪口より、れおの悪口を言われるほうがずっと許せない。

　はぁはぁと肩で息をする。

ムカつく。

悔しい。

……悲しい。

ジワッと涙がにじんで、腕でそれをぬぐった。

「なに大声出してんの？　恥ずかしいとか思わないわけ？
注目されて、すっごい嫌なんだけど」

「恥ずかしくなんかない。れおは……恥ずかしい人なんか
じゃないんだから……っ！」

こらえきれなくなった涙が頬に流れた。

目の前がボヤけて、もはや自分がなにを言っているのか
わからない。

それでも頭の中はれおのことでいっぱいで、必死だった。

どうしても、ガマンできなかった。

許せなかった。

「れおは……れおはねぇ」

「しず……もう、いいから」

そっと隣に立ったれおが、私の手を優しくギュッと握っ
た。

なにも聞こえていなかったはずなのに、まるですべてを
わかっているような表情で私を見下ろしている。

それは……とても優しい顔だった。

それを見て、胸の奥がギュッとしめつけられる。

れおは……れおは、きっと。

「俺は大丈夫だから」

れおはきっと、聞こえてないのにすべてをわかってる。

どうして私が彼女たちに歯むかっていったのかを、ちゃんとわかってるんだ。

　優しさの中に垣間見えた悲しげなれおの表情が、それを教えてくれた。

　のどの奥がカーッと熱くなって、再びジワッと涙があふれた。

　許せないという思いももちろんあったけど、れおのそんな顔を見ていたくないという思いのほうが強くて。

　私の中の怒りが急速に落ち着いていった。

「れお……」

　ごめんね。

「ほら、泣かないで。行こう」

「…………」

　キミがさみしげに笑うから、私は泣く。

　本当は泣きたいキミの代わりに、私が泣く。

　れおに手をひっぱられながら、私は何度も何度も涙をぬぐった。

「しず、いいかげん泣きやめって」

「だ、だっで……っ、ぐす」

「泣き虫だな、しずは」

　どうして……そんなにさみしそうな顔で笑うの？

　れお……。

　フードコートを出て、ひと気のないベンチに座らされる。

　れおは子どもをあやすように、優しくポンポンと私の頭をなでた。

その手つきがあまりにも心に染みて、余計に涙があふれた。

　ごめんね、泣きたいのはれおのほうだよね。

　それなのに……。

「俺のために、しずが泣く必要ないから」

「な、なんで……わかる、の？」

　私が、れおのことで泣いてるって。

　どうして、れおにはバレちゃうのかな。

「しずが泣くのって、昔から俺のことばっかだし」

「なっ……」

　な、なにそれ。

　私、そんなに泣いてる？

「しずに泣かれるのが、一番ツラい。お願いだから、泣きやんで」

「う、うん……ごべんね」

　泣きすぎて鼻声になった。

　耳が聞こえなくたって、私たちは心が通じあってるからお互いのことがわかる。

　それじゃダメ……？

　それでいいよね？

　心が通じ合ってるほうが、特別だって感じるもん。

「ごめんね……もう、大丈夫」

　その意をこめて、れおとつながっているほうの手にギュッと力を入れた。

　ほっそりしているけど、私のより大きくて男の子って感

じがするれおの手。

　れおの手は、まるで私の心を包みこんでいるみたい。

　ドキドキもするけど、それ以上にすごく安心する。

　ずっと、れおとこうしていたいよ。

「俺のせいで、しずに嫌な思いをさせてごめん」

「ううん、れおのせいなんかじゃないよ！」

「でも、ごめん」

　心ない言葉に切れて怒ったのは私だから、れおが謝る必要なんてない。

　だけど、れおは何度も私に「ごめん」とくり返した。

　しばらくベンチに座っていたけど、無情にも時間は流れて気づくと日が暮れかけていた。

　もうそろそろ、帰る時間だ。

　さみしいな……。

　せっかくのデートだったのに、私が勝手に怒ったり泣いたりしたから、れおにツラい思いをさせてしまった。

　それが、なにより心苦しい。

　あのふたり組は許せないけど、もし彼女たちの声がれおに聞こえていたとしたら、それ以上に許せなかった。

　それだけはよかったと思うことにして、気持ちを切りかえなきゃ。

「れお」

「ん？」

　声をかけたのがわかるよう、れおの手をクイッと軽くひっぱる。

「誰がなんて言おうと、私はれおが好きだよ」

　れおの目をまっすぐに見つめて言った。

　ちゃんと伝わったかどうかはわからないけど、れおの口もとがフッとゆるんで、私の大好きな笑顔に変わった。

　そして、ゆっくり口を開く。

「ありがとう」

　ねぇ……好きだよ。

　幼なじみとしてでも、家族としてでもなく、ひとりの男の子としてれおが好き。

　どんなれおでもいい。

　私は、れおじゃなきゃダメなの。

　夕方、朝はあんなに空いていたにもかかわらず、駅の中は人でごった返していた。

　ホームへ続く階段を上っていると、たくさんの人がゾロゾロと階段を下りてきた。

　どうやらちょうど電車が到着したらしく、上り専用の階段にもたくさんの人が押しよせ、まさにお見合い状態。

　下り専用の階段があるんだから、そっちを使ってよ！

　上りにくいったらありゃしない。

　なんて思いながら、人混みを避けて器用に上る。

　私たちの前には、3歳くらいの子どもを連れたママがいた。

　小さな女の子はママの手を懸命に握って、はぐれないように必死。

だけど、その時——。

　急ぎ足で階段を下りてきたおじさんと女の子が、勢いよくぶつかった。

　その反動で女の子が持っていたうさぎのぬいぐるみが、手から落ちる。

「あ、ウサちゃん……！」

　ぬいぐるみを拾おうと、女の子は反射的にママの手からすり抜けてうしろを振り返り、キョロキョロして落ちたぬいぐるみを探した。

　だけど次の瞬間——。

　女の子は、バランスを崩して階段から足を踏みはずした。

「危ないっ！」

　れおの大きな声が辺りに響く。

　それと同時に、落ちていこうとしている女の子をかばうように抱きとめる、れおの姿が目に入った。

　まるでスローモーションでも見ているかのように、鮮明に映しだされるれおの姿。

　そのすぐあと、私が立っている場所よりもはるか下で、ドサッという音がした。

　それは、息つく間もないほど、あっという間の出来事だった。

「おい、誰か落ちたぞ」

「大丈夫か？　おい！」

　ざわざわとした声が真下で響き、次第に人だかりができはじめる。

なにが起こったのか、状況をすぐには理解できなかった。

れおが……落ちた？

女の子と一緒に、落ちたの……？

階段の下のれおは女の子を腕の中に抱きしめたまま、ピクリとも動かない。

れお……？

ウソ、でしょ？

やだよ。

「れおっ！」

私は急いで階段を駆け下り、人だかりをかきわけて、れおのそばに走りよった。

やだよ、れお。

ねぇ……れおっ！

れおがいなくなっちゃうような気がして、すごく怖かった。

「れお……！　大丈夫？　れおっ！」

「ミオちゃん！」

同じように女の子のママも走りよってきて、涙目で女の子の名前を呼ぶ。

「れおっ！　れおってば！」

何度も肩を揺さぶった。

血が出るような傷は見あたらないから、そんなに強く打ったわけではなさそうだ。

何度か名前を呼ぶと、れおはゆっくりと目を開けた。

「しず……？」

「れお……！　わかる？　階段から落ちたんだよ？　どこか痛い？」

「大丈夫だよ。頭を軽く打っただけだから」

「頭？　大丈夫なの？」

「大丈夫。軽く打っただけだから」

「ホント？」

「ああ」

「そっか……よかった」

　思わず、倒れたままのれおの体をギュッと抱きしめる。

　よかった……。

　よかったよ、無事でいてくれて。

「し、しず……苦しいっ」

「だって……だって」

　ギューッとギューッと抱きついた。

　れおが無事で本当によかった。

　いなくなっちゃうんじゃないかって、もう二度と逢えないんじゃないかって、なぜかそんなことが頭をよぎったから余計にホッとした。

「しず、それより……」

「え？　あ」

　れおの腕の中にいた女の子が、キツく目を閉じて小さく震えている。

　そんな女の子を心配そうに見つめるれお。

　れおは女の子を抱えたまま静かに起き上がると、「もう大丈夫だよ」と優しくその頭をなでた。

「ミオちゃん！　大丈夫？」

「ママ……！」

「ああ、よかった！　無事で」

「ママー！」

　れおの腕の中からスルリと抜けだした女の子は、勢いよくママの胸に飛びこんだ。

「ママ、怖かったよー」

　女の子は小さな体で必死にママに抱きつく。

　無事でよかった。

　ホッとしすぎて肩の力が抜けた。

　ふと、れおを見ると、女の子を見て安心したように笑っていた。

「ご迷惑をおかけして、すみませんでした……！」

　その場を離れようとすると、女の子のママの声が背中に向かって飛んできた。

　本当に申し訳なく思っているのか、深くお辞儀をしたまま顔を上げようとしない。

「大丈夫ですよ。それより、その子にケガはなかったですか？」

「は、はい……おかげ様で」

　女の子のママはおずおず顔を上げ、いまだに申し訳なさそうな表情を浮かべている。

「おケガはなかったですか？　もしどこか痛いのであれば、病院にでも」

「本当に大丈夫です」

優しくにっこりれおが笑った。

ママはそこでようやくホッとしたのか、表情がゆるんだ。

「ほら、ミオ。お兄ちゃんに『ありがとう』は？」

恥ずかしがってママのうしろに隠れてしまったミオちゃんは、チラチラこっちを気にしている。

その仕草があまりにもかわいくて、自然と頬がゆるんだ。

女の子は結局最後まで恥ずかしがってママにしがみついていたけど、帰りがけにこっちを見て手を振ってくれた。

もうすっかり日は暮れてしまい、外はまっ暗。

帰りの電車はほとんど人がいなくて、横並びのシートにゆったり座ることができた。

あの人混みはなんだったのかと思うほど、電車内はシーンとして静か。

「本当に大丈夫？　頭、コブできたんじゃない？」

れおの顔をのぞきこみ、頭のてっぺんに手を伸ばす。

サラサラの黒髪に触れると、れおの体が一瞬ビクッと揺れた。

「なに？」

ビックリしたように目を見開くれおは、状況がのみこめていない様子。

「んー？　コブができたんじゃないかと思って」

「コブ？」

確認するように聞き返してくるれおに向かって、私は小さくうなずいた。

「軽く打っただけだから、大丈夫だよ。それより、そうやっ

て簡単に触るなって何度も言ってるだろ」

　手首をガッとつかまれて、今度は逆にれおに顔をのぞき
こまれた。

　あまりの距離の近さにドキッと胸が高鳴る。

　真剣な瞳と赤みを帯びたれおの照れたような顔。

「しずは……俺をドキドキさせるのが趣味なんだ？」

「え……？」

　ドキドキ……？

　私が、れおの頭を触ったから……れおはドキドキしてる
の？

　なんで？

　どうして？

　しかも、趣味って。

　それはれおのほうでしょ？

　なにも言い返せなくて黙りこんでいると、今度は後頭部
に手を添えられた。

　えっ？

　戸惑っている間にも、真剣なれおの顔がどんどん近づい
てくる。

「れ、れお……？　どうしたの？　なに、急に」

　鼻と鼻が当たりそうなほどの近い距離に、れおの真剣な
顔があった。

　ドキドキが聞こえてしまうんじゃないかと思って、落ち
着かない。

　ううん、落ち着かないどころじゃない。

心臓が口から飛びだしそうなほど、速く激しく動いてる。

　こんなの、はじめてだよ……。

「どうやったら、しずがドキドキするのかと思って」

「え……？」

　そんなことを、さも当たり前みたいな顔で堂々と言われる意味がわからない。

　ドキドキって……もうすでに、死にそうなくらいヤバいんですけど。

　れおの端正な顔立ちと力強い瞳に、ドキドキが止まらない。

　どうして、そんなことを言うの？

　私をドキドキさせて、どうしたいの？

　キミは私をどこまでドキドキさせたら、気がすむの？

　れおが……わからない。

「私のことが……好き、な──」

「キス、する？」

　私の声を遮るように、色気のある低い声が耳に響いた。

　い、今、なんて……？

　聞きまちがいじゃ、ないよね？

　キス……する？

　そう言ったの？

　冗談……だよね？

　れおがそんなことを言うなんて。

　だけど、れおの表情は至って真剣で冗談を言っているようには見えない。

でも、だって。

　キスだなんて……。

「頭打って、おかしくなった……？」

「俺はしずのことが好きだよ」

　空耳かと思った。

　れおの口からそんな言葉が飛びだすなんて、なにかのまちがいだ。

　そう思うのに、徐々に顔に熱が帯びて赤く染まっていく。

　ううん、違うよ。

　れおの言う『好き』は、私が思ってるような意味じゃない。

　絶対に違う。

　違う……。

　何度も自分にそう言い聞かせる。

　そうでもしないと、どうにかなってしまいそうだった。

「キスしたいくらい、しずのことが好きだ。それって、どういう意味で言ってるかわかる？」

「え、えっと……あの」

　キスしたいくらい……好き？

　私のことを……？

　キス、したい……？

　私と？

　私のことが、好き、だから？

　ありえないほど、パニックに陥っていた。

　熱を含んだれおの瞳が、ジリジリと私の心を焼きつける。

第2章 >> 137

　私も……私もれおのことが好きだよ。

　そう言いたいのに、信じられない気持ちのほうが強くて言葉が出てこない。

　恥ずかしくてパッと目をそらすと、後頭部に添えられていたれおの手の力がゆるんだ。

　かと思えば、至近距離にあったれおの顔も私から離れていく。

　ちゃんと伝えなきゃ。

　私も、れおのことが好きなんだって。

「わ、私も……れおのことが」

「返事は……補聴器の電池交換がすんでから聞かせて。直接、しずの声が聞きたい」

　覚悟を決めて言おうとした矢先、れおが私の言葉を制した。

　普段爽やかで落ち着いているれおだけど、今は緊張した面持ちでどこかソワソワしている。

　知らなかった、れおにもこんな一面があったなんて。

「わかった……今度、言うね」

「ありがとう……。それと、キスとか……変なこと言ってごめん。どうかしてた」

　気まずそうに頬をかいたれおは、私と目が合うと、すぐにパッとそらした。

　耳や頬が赤い気がするのは、気のせいかな。

　もしかして、今さら照れてるとか？

　れおでも、照れることってあるんだ。

知らなかった。

　なんだか知らないことだらけで、これまでのれおがれお
じゃないみたいに思える。

　まだまだ、私の知らないれおの顔がいっぱいあったみた
い。

　この先、まだまだたくさんあるれおのいろんな顔を見て
みたい。

第3章
～変わっていく関係～

異変

「もう1週間になるね。受験勉強の疲れが今頃出たのかな」

「うん……」

　やっちゃんが遠くのれおの席に視線をやりながら、机にうなだれる私の頭をポンと叩いた。

　そしてそのまま、優しく髪をなでてくれる。

　それでも気分は上がらなくて、毎日毎日こうしてダラダラしながら過ごしている。

　その理由は明白だった。

「さみしいでしょ、桐生くんがいなくて。こんなに学校を休むなんて、めずらしいよね」

「うん……」

　デートの日から10日がたったけど、あれから一度もれおには逢ってない。

　なぜなら、体調を崩してずっと学校を休んでいるから。

　家にお見舞いにいっても、起き上がれないほど具合が悪いと言われて逢うことができなかった。

　メッセージの返信はいつもと変わらないけど、体の調子はすこぶる悪いらしい。

　れおは単なる勉強疲れだって言ってたけど、本当に大丈夫なのかな。

　顔が見えないからこそ、余計に心配になる。

　早く逢いたい。

逢ってこの前の返事がしたい。

好きだよって、そう伝えたい。

それなのに、2週間がたってもれおが学校にくることはなかった。

「怜音のやつ、マジでどうしたわけ？」

「私にもわからないの」

金曜日の放課後、大雅がわざわざ私の席までやって来た。

あまりにも長く学校を休んでいることに、いよいよただごとじゃないと察したらしい。

「アイツ、今になってグレはじめたとか？」

「大雅じゃないんだから」

わりと真剣にそんなことを言った大雅に、シラけた目を向ける。

すると「だよなぁ」と、大雅は小さく苦笑した。

「本当にどうしたんだろうな」

「メッセージの返信はすぐに来るんだけど、いつ学校に来られるのかを聞いても、はぐらかされてばっかりなんだよね」

さすがに2週間はおかしい。

なにかあった、とか……？

でも、なにが？

わからない。

でも、だからこそ知りたい。

れおのことが心配だった。

「私、今日れおの家に行ってみる。逢えるまで粘ってみるよ」

「俺も行く」

「はいはーい、あたしも！」

「や、やっちゃん……！　いつの間に」

「えへ。いいよね、しずく？」

「も、もちろん」

　やっちゃんの有無を言わさない強力な目力でねじふせられた。

　やっちゃんのお目当ては大雅なんだろう。

　3人でいそいそと学校を出て、目指すはれおの家。

　大雅と私はれおの家に行ったことがあるけど、やっちゃんはお初。

　この場に大雅がいるからなのか、いつもはなんでもズバズバ言うやっちゃんがすごく静かだ。

「柳井さんって、そんなに静かだったっけ？　もっとしゃべるイメージだったのに」

「え？　いや、あの……なんか、緊張しちゃって。ごめんね」

　頬をまっ赤に染めてタジタジのやっちゃん。

　やっちゃんは実は、好きな人の前ではモジモジ系女子になるタイプだったんだ。

　あは、かわいい。

　なんだか、新鮮な一面を見ちゃったよ。

　大雅はもともと誰とでも仲よくなれるタイプだから、私だけでなくやっちゃんにも話を振ってくれた。

　私に関してはバカにされてるとしか思えないような話の

振り方だったけど、ガマンガマン。

　やっちゃんのためだもんね。

　この機会にふたりの距離が少しでも縮（ちぢ）まればいいと思った。

「うわ、大きな家。さすがだね」

「お坊っちゃまだからな。王子様って言ったほうがしっくりくるけど」

「すごいね」

　そんなふたりのやり取りを聞きつつ、れおの家のインターホンを鳴らす。

　しばらくしても応答はなく、シーンと静まり返ったままだった。

「怜音のやつ、どっか出かけてんのか？」

「具合が悪いのに？」

「さすがに２週間も休めば、出歩けるくらいにはなるだろ」

「たしかにそうだけど。ちょっとメッセージ送ってみる」

　カバンからスマホを取りだし、メッセージの送信画面を開いた。

『今なにしてる？』

　絵文字もなにもつけずに、シンプルなその言葉だけを送信した。

　すると５分もたたないうちに、れおからの返信がきた。

『病院にいる』

『病院？　なんで？　どこか悪いの？』

『電池交換』

電池……？

あ、もしかして補聴器の電池のこと？

『今日会える？　今れおんちの前にいるんだけど』

『ごめん。来週から学校に行くから、その時でいい？』

来週。

それまでは逢えないってことだよね。

明日は土曜日だけど、この文面からすると土日も逢えないってことになる。

来週までおあずけか……。

ふたりに事情を説明し、ここで解散しようと持ちかけた。

ふたりはまだ受験生で２週間後には本番が控えている身。

寒い中、長く付き合わせるのは申し訳なく、この時期に風邪でも引いたとなれば、試験に影響が出るかもしれない。

「私はもう少し待ってみるね」

「なら、俺も」

「なに言ってんの、受験生のくせに。ほら、帰った帰った」

「んでだよ、バカしず」

大雅は子どもみたいに下唇をつきだして、あからさまにスネてみせた。

「心配なのはわかるけど、試験のほうが大事でしょ。れおに逢えたら、連絡するから。ね？」

「…………」

「大雅」

「……わかったよ」

第3章 ≫ 145

　プイとそっぽを向き、ぶっきらぼうに大雅はつぶやいた。

　寒さで耳がまっ赤だ。

　風邪引かなきゃいいけど。

「あ、そうだ。やっちゃんをよろしく！　たしか、途中ま
で一緒だと思うから」

「言われなくても、わかってる。じゃあな、バカしず。柳
井さん、行こ」

「あ、うん。じゃあね、しずく。バイバイ」

「バイバイ」

　ふたりの背中が見えなくなるまで見送ると、れおの家の
ほうに向き直った。

　来週って言われたけど、少しでもいいから逢いたかった。

　一目見たら帰ろう。

　それくらいなら、いいよね？

　だけど待てど暮らせど、一向にれおが帰ってくる気配は
ない。

　気づけば、辺りはすっかり夕焼け空に変わっていた。

「はぁ、寒い」

　太陽が沈む夕方から夜にかけて、いっきに気温が下がっ
て急激に冷えこむ。

　雪が降る地域ではないものの、まさに凍えるような寒さ
だ。

　今日に限って手袋を忘れるなんて最悪だよ。

　かじかむ手に白い息を吐きかけて温めようとするけど、
この寒さの中では無意味だった。

感覚がなくなった手をブレザーのポケットに入れたり、マフラーでゴシゴシこすってみたり。

　じっとしていられなくて、不審者みたいに家の前を行ったり来たりしていると、通りすがりの人から変な目で見られた。

　れお、まだ？

　早く帰ってきて。

　寒くて限界だよ。

　顔の感覚もなくなっていて、もはや痛い。

　スカートから露出している足も、首も、頭皮さえもが痛い。

　ここへ来てから、何時間ぐらいたったかな。

　れおはひとりで病院に行ったんだろうか。

　こんなに遅いってことは、家族でどこかに行ってるってこと？

　病院の帰りに晩ご飯でも食べにいってるのかな。

　現在の時刻は19時43分。

　ちょうど晩ご飯の時間帯だ。

　今日は帰りが遅くなるから、逢えないってことだったのかな。

　仕方ない、帰ろう。

　２週間分の配布物が入った紙袋を門扉の取っ手にかけて、れおの家をあとにしようとした。

「はぁはぁ……やっぱり、まだいた」

「え？」

「お前なぁ」

　振り返ると、息を切らした大雅が目の前に立っていた。

　でも、なんだかあきれている様子。

「なんでいるの？」

　帰ったはずじゃ……？

「それはこっちのセリフだっつーの。いくらなんでも、こんな時間まで待つバカがいるかよ」

「悪かったね、バカで。大雅こそ、なんでまた来たの？勉強しなきゃダメじゃん。それに、夜は冷えるんだから風邪引いたらどうするの？」

「お前は俺のオカンか！」

「はぁ？」

「あんま心配させんなよ。怜音が俺に連絡してきたんだぞ？」

「え？」

　どういうこと？

　月明かりに照らされた大雅の顔は、ビックリするほど真剣そのもの。

　私はそんな大雅に食い下がった。

「ねぇ、れおが連絡してきたってどういうこと？」

「電話が来て、しずがまだ家の前にいるからどうにかしてくれって」

「え？」

　どういう、こと？

　れおは今病院にいるんだよね？

もう帰ってきてるってこと？
　だったら、なんで声をかけてくれないの？
「アイツ、部屋にいるんじゃねーの？　窓からお前の姿が
見えるっつってた」
　ますますわけがわからなかった。
　部屋にいる？
　病院に行っていたというのはウソだったの？
　補聴器の電池交換に行ってたんだよね？
　それとも、裏口から帰ってきたってこと？
「私がいるって知ってるのに、なんで出てきてくれないの？
どうしてわざわざ大雅に頼むの？」
　どうして？
　なんで？
「俺だってわかんねーよ。用件だけ言われて、すぐに切ら
れたんだから」
「なに、それ。私に逢いたくないってこと？」
　私、避けられてる……？
　なんで？
　避けられるようなことをした覚えはまったくない。
　というよりも、あれから逢ってないんだし。
　メッセージのやり取りは普通なのに、どうして？
　なんだか胸がざわざわした。
　ものすごく嫌な予感がするのは、気のせいであってほし
い。
「とにかく帰るぞ。冷えただろ？　ほら」

第3章 ≫ 149

　スウェットにダウン姿の大雅は、ポケットからカイロを
取りだして私に渡してくれた。

「ありがと……」

　カイロを受けとって手を温める。

　胸がざわざわしたまま落ち着かなくて、れおの部屋があ
る方向を見上げた。

　電気は点いておらず、依然としてまっ暗なまま。

　本当に部屋にいるの？

　それすらもわからなくて、思わずはぁとため息をつく。

「風邪引くだろ？　送ってくから帰ろうぜ。来週学校で会
えるんだし、そん時に聞けばいいじゃん」

　頑なに動こうとしない私の腕を、大雅がつかんだ。

「行くぞ」

　れおの手とは違って、どこかぶっきらぼうなその仕草。

　強引にひっぱられて、思わず足がもつれて転びそうに
なった。

「た、大雅、離して。痛い」

「あ、わり」

　大雅と歩いている間中、頭の中はれおのことでいっぱい
だった。

　なにか話していたような気もするけど、大雅の声は右か
ら左にスーッと抜けて、あまり覚えていない。

　本当に来週になったら逢えるの？

　ちゃんと話せる？

　この２週間でいろんなことがあったから、話したいこと

がたくさんある。

　わざわざ大雅を介して私を帰らせようとしたれおに、不安ばかりが大きくなっていくよ。

「あんま思いつめるなよ。しずが辛気くさい顔してんのは、似合わねーぞ」

「うん……ごめん」

「べつに、謝る必要ないけど。とにかく、元気出せよ！な？」

「うん……そうだね」

「なんかあったら、いつでも相談にのってやるから」

「大雅に話すくらいなら、やっちゃんに相談する」

「お前は本当にかわいくねーな。せっかく元バスケ部のエースで、モテモテのキャプテンの俺が言ってやってんのに」

　アパートの下での、そんなやり取り。

　私を元気づけようと、大雅は冗談っぽく言って笑っている。

　それが、不器用な彼なりの優しさ。

「大雅、ありがとう。また、学校でね」

「ああ、じゃあな」

「あ、カイロ返すよ」

「いい、お前にやる。じゃあな！」

　踵を返すと、大雅はそのまま走っていってしまった。

　大雅の背中が見えなくなったあと、まっ暗なアパートの部屋に帰った。

第3章 ≫ 151

　不安な気持ちを抱えたまま迎えた月曜日。
　今日は朝からしとしとと雨が降っていたせいもあり、さ
らに気持ちが沈んだ。
「しずく、朝ご飯の用意してあるからね。今日は日勤深夜
だから、一回帰ってきて夜中にまた出るけど戸じまりは
しっかりね」
　お母さんの忙しない声が、ふすまの向こうから聞こえた。
　私の部屋という名のつくものは一応はあるものの、ふす
ま1枚で台所につながっているから、ちょっとした物音で
もすごく響く。
　さらに、ふすま1枚で隣のお母さんの部屋ともつながっ
ているから、プライベートな空間はあってないようなもの。
「いってらっしゃい。頑張ってね」
「いってきます。しずくも遅れないようにね」
「うん」
　私よりはるかに早く家を出るお母さんの背中を見送る。
　なんだか小さくなったような気がするのは、気のせい？
　私が大きくなっただけなのかな。
　そう考えたら、変わっていくものってたくさんある。
　私とれおの関係も、いつか変わってしまうのかな。
　そんなのは嫌だ。
　今日逢ったら、ちゃんと話がしたい。
　告白の返事も、まだしてないんだから。
　まだ間に合う。

「れお！」

　教室に入ってすぐ、２週間空席だった場所にれおが座っ
ていることに気がついた。

　れおだ。

　れおがいる。

　自分の席に行くよりも先に、れおのもとへ慌てて駆けよ
る。

　最後に逢った日からなにも変わらないれおのうしろ姿
に、胸がしめつけられた。

　なんだかすごく懐かしい気がする。

「おはよう、れお！」

　れおの席の前に回りこみ、バンッと勢いよく机に手をつ
く。

　ビックリしたのか、れおの体がビクッと跳ねた。

「朝からビックリさせんなよ。久しぶり、しず」

「ごめん、れお……でも」

　ずっと、ずっと逢いたかったから。

　さみしかったんだよ。

　れおにもらった香水の小瓶とネックレスを握りしめて、
さみしさを紛らわせていたんだ。

「なに泣きそうな顔してんだよ。大げさだな、しずは」

　れおは２週間前と変わらない笑顔で、クスクス笑ってい
る。

　そんなことにさえ感激して、涙が出そうになった。

　よかった。

私の不安は取りこし苦労だったんだ。

　れおに逢って笑顔を見た瞬間、不安な気持ちはいっきに吹きとんだ。

　それよりもなによりも、こうして逢えたことがすごくうれしい。

　れおの笑顔さえあれば、ほかになにもいらない。

「れお、私ね！　明倫学園の推薦に合格したんだ。れおは？」

「ごめん、今日は補聴器つけてないんだ。話す時は紙に書いてくれると助かる」

「あ、そうなんだ。わかった」

　でも、めずらしいな。

　学校に来る時や外に出る時は必ずつけてるのに。

　今日は忘れちゃったの？

　あまり深く気にとめず、さっきの言葉を紙に書いてれおに見せた。

　短い言葉なら唇から動きを読めるけど、長い文章はこうして紙に書かないとわからないとのこと。

「れお？」

　紙をじっと見つめて固まっているれおの肩をポンと叩く。

　ぼんやりしちゃって、どうしたんだろう。

「あ、ああ、ごめん。俺は」

　ハッと我に返ったれおは、口もとに笑みを浮かべてそのまま続ける。

「落ちたよ」

「え……？」

　落ち、た……？

　れおが？

「ウソ」

「本当。ダメだったんだ」

　れおはサラッとそう言いはなった。

　口もとは笑っているけど目は笑ってなくて、感情が読み
とれない。

　れおが……落ちた。

　そんな。

　私よりもはるかに成績がよくて、マジメなれおが落ちる
なんて。

　学校を休んでいたのは、そのせいだったのかな。

　落ちこんでたの？

　でも、そんなに早く結果が出る？

　1月の末に試験を受けてから、れおが休みはじめるまで
わずか数日しかたっていない。

　私立だから、結果が出るのが早かったとか？

　なんにせよ、明倫学園の推薦を蹴ってまで臨んだ受験
だったから、落ちこむのは当然のこと。

　それなら長く休んでいたことにも納得がいく。

　なにか私にできることはないのかな。

　れおを元気づけてあげられるように、なにかしてあげた
い。

　でも、なにを……？

こんな時になにも思いつかないなんて、私って本当にダメだな。

「れ、れお！　気晴らしにパーッと遊びにいこっ！」

「…………」

れおは私の顔を見て首を傾げる。

そうだ！

今日は補聴器をつけていないんだった。

紙に書かなきゃ。

そう思ってペンを走らせる。

すぐに伝わらないのはもどかしいけど、どうにかしてれおを元気づけてあげたい。

急いで書いたから、ありえないほど字が汚くなった。

「大丈夫だよ。落ちたことで、そんなにショックは受けてないから」

「で、でも」

２週間も学校を休むほど、ショックだったんじゃないの？

今だって、悔しさや悲しみを押し殺して笑っているように見える。

人に弱さを見せたり吐きだしたりしないれおだから、自分の中にためこんでいるはずだ。

そこに踏みこみたい。

「本当に大丈夫だから。明倫学園、合格おめでとう」

「大丈夫って……れお」

「ごめん、今から職員室に用事あるから」

れおは教室を出ていってしまい、私はひとり取り残された。

しつこく言いすぎちゃったかな。

なんだかつきはなされた気がしてならなかった。

その笑顔の裏で私を拒絶して、バリアを張っているように思えてしまったんだ。

それからというもの、れおはぼんやりしていることが増えた。

話しかけても上の空で、会話の辻つまが合わないこともしばしば。

肩を叩くとハッとしたように我に返って、その都度会話の内容を何度も何度も私に聞き返した。

きっとまだ、受験に失敗したことで落ちこんでいるんだ。

力になりたいとは思うけど、なにを聞いても『大丈夫』としか言わないから、深く追及することもできなくて。

告白の返事も、タイミングを逃してしまって切りだせずにいる状況。

「やっちゃん、どうしたられおを元気づけてあげられる？」

「しずくでもお手上げなら、あたしにわかるわけないよね」

「うっ、そうだけどさ」

「桐生くんって、一般入試でも星ヶ崎を受けるの？」

「ううん。受けないって言ってた」

「そっか。でも、桐生くんが落ちるって意外だったなぁ」

星ヶ崎高校の偏差値はかなり高いけど、推薦で落ちるの

はめずらしいことみたいだ。

　それなのに、落ちた。

　やっちゃん曰く、答案用紙に名前を書き忘れたか、回答欄がズレていたという初歩的なミスをおかしたせいじゃないかということだった。

　私には、れおがそんなミスをするとは思えなくて納得はできなかったけど、じゃあなんで落ちたのかと聞かれても答えられない。

「じゃあ、明倫学園に決めたってことだよね？」

「ううん、それも違うの」

「えっ!?　なんで？」

　やっちゃんが驚いたように目を見開く。

「なんで明倫学園を受験しないの？　桐生くんなら余裕でしょ？」

「私にもわからないんだよね」

　私自身、星ヶ崎の一般を受けないのなら、明倫学園の一般入試に挑むんだと思ってた。

　でも、どうやら違ったみたい。

　学校名は教えてくれなかったけど、れおは家から通える高校を受験するとのことだった。

　家から通えるといっても、通学に片道１時間かかるらしい。

　あんなに星ヶ崎に行きたがってたから不思議に思ったけど、れおが決めたことだから口出ししなかった。

　よくわからないけど、なにかがおかしい気がする。

なにがって聞かれるとわからないけど、なにかがおかしい。

　直感？

　胸騒ぎ？

　受験に失敗して落ちこんでいるのかと思っていたけど、それもなんだか違うような気がして。

　なにか不吉なことが水面下で起こっているような、そんな言い知れぬ不安があった。

　れおが私から離れていくような、そんな気がしてならなかった。

「れーお！　待って、一緒に帰ろう！」

　教室を出ていこうとしたれおの背中に向かって、タックルをお見舞いする。

「おわっ、しず？」

「はーい、しずでーす！」

「なにするんだよ、まったく」

「えへっ」

　だって、れおに笑ってほしいんだもん。

「一緒に帰ろう！」

「いい、けど」

「やった」

　私たちは教室を出ると、並んで廊下を歩いた。

　隣を歩くれおから、ほんのりスカッシュ系の香りが漂ってくる。

　私の大好きな香り。

クリスマスにもらった同じ匂いの香水は、いまだに使えないままでいる。

　ネックレスも、大事に大事に引き出しにしまってある。

　私の大切な宝物だ。

　れおの隣を歩くのが好き。

　歩きながら少しだけ口角の上がった優しい横顔を盗みみるのは、もっと好き。

　目が合うと、れおは必ず笑ってくれる。

　その笑顔が大好き。

　そろそろ、伝えてもいいよね？

　私の声で返事が聞きたいって、そう言ってたもんね。

　れおがもし、まだあの時と同じ気持ちでいてくれているのなら、ちゃんと返事をしなきゃいけない。

「れ、れお……」

「…………」

　チラリと見上げた端正な横顔は前を向いたまま、振り向く気配はない。

　あれ？

　聞こえなかったのかな？

　こんなに近くにいるのに。

「れお」

　そう思って呼び直してみたけど、れおは依然として声に反応することはなかった。

　最近こんなことがよくあるけど、どうしちゃったんだろう。

どこか遠くを見つめるその横顔には、笑顔はない。

「れお？」

「ん？」

ブレザーの裾をひっぱると、ようやくれおは私に気づいた。

目が合った瞬間、れおは取りつくろうように笑みを浮かべる。

なんだかぎこちない気がするのは、気のせいかな。

やっぱりなんだか変だよ。

「れお、待って。公園寄ってこ」

タイミングよく通りかかったこともあり、小さい頃よく遊んだ公園に、れおの腕を取って無理やり引きずりこんだ。

「しず？」

「久しぶりにブランコに乗りたいから、付き合って」

「…………」

聞こえていないのか、ガキだと思ってあきれているのかはわからないけど、れおは無反応だった。

曇り空のせいもあって、外はかなり寒い。

それに今日は風も強いから、なおさら寒さが身に染みる。

ブランコの前まで来ると、れおの腕を下に引いてそこに座らせた。

向かい合ったまま、れおの顔を上から見下ろす。

「なにかあったんでしょ？」

れおにわかりやすいように、ゆっくり口を開く。

「どうしたんだよ、急に」

れおは微笑を浮かべたまま、困ったように頬をかいた。

「れお、最近変だよ。なにかあったんでしょ？」

「なにかって？」

「わからないけど……なにか悩みがあるんじゃないの？」

「ないよ、そんなの」

「ウソ。あるでしょ？　何年一緒にいると思ってるの？」

　小さな変化だって、見逃さないんだから。

「私には、言えない？　れおの力になりたいのに」

「…………」

　どうして、なにも言ってくれないの？

　言ってくれなきゃ、わからないのに。

　私が悩んでいる時は、いつもれおが相談にのってくれた。

　一緒になって真剣に考えてくれたり、優しく頭をなでて
くれたり、『大丈夫だよ』って安心させてくれたり。

　数え切れないくらいの強さと勇気と優しさを、キミは私
にくれたよね。

　れおはそんな風に思っていないかもしれないけど、かな
り助けられたんだ。

　だから私も、恩返しがしたい。

　弱さを人に見せるのが苦手で、人に頼ることを考えない
れおに恩返しがしたい。

　だって、好きだから。

　ずっとずっと、きっとこれから先も好きだから。

　れおしか見えないから、ずっとずっと笑っていてほしい
んだ。

「しずには……関係ないことだから」

「関係なくないよ！　なんでそんなこと言うの？　私は……私は……れおのことがすっ」

「関係ないよ、しずには」

　　──ドクン

　心臓が止まるかと思った。

　見たこともないような冷たい瞳が、まっすぐに私を見上げている。

　それはまるで、私を拒絶するかのように鋭くとがっていた。

　深く踏みこんでくるなという、れおなりの警戒なのかもしれない。

　れおの傷は思っていたよりも深く強力で、私の力じゃどうにもならないことを思い知らされることになった。

　なにかあるのは明白なのに、今以上に冷たい瞳で見られたらと思うと、怖くてそれ以上はなにも言えない。

　れおに怖いという感情を抱いたのははじめてで、かなり戸惑う。

　今まで私に対して怒ったことがなかったれおから感じたはじめての恐怖心に、胸がはりさけそうだった。

「ごめん……。けど、しずが心配するようなことはなにもないから。用事があるから、また明日な」

　なんで……。

　どうして私を置いていくの？

「ま、待ってよ……れお」

情けない私の声が、寒空の中に消える。
　遠ざかっていくれおの背中を追いかけたいのに、拒絶さ
れたらと思うと、足がすくんでしまって動かなかった。

涙の卒業式

　３月某日——。

　卒業式の日を迎えた。

　気温の低い日が続いているせいか、門出を祝ってくれる
はずの桜はまだ咲いていない。

　校庭には立派な桜の木がたくさん植えられているのに、
殺風景でさみしげな景色だった。

「しずく、写真撮ろ！」

　教室に行くと、ブレザーの胸ポケットに『卒業おめでと
う』の文字が書かれたバラのコサージュをつけたやっちゃ
んが笑顔で駆けよってきた。

　今日でみんなともお別れか。

　……さみしいな。

　いろいろあったけど、なんだかんだで楽しい３年間だっ
た。

「ほら、早く早く！　ミサたちも、しずくと一緒に撮りた
いって言ってるから！」

「あ、うん」

　女子だけで集まっている輪の中に混ざって、みんなで写
真を撮った。

　この教室でこうやってみんなと過ごすのも、これが最後。

　黒板には『卒業おめでとう』の文字がデカデカと書かれ
ていて、感慨深くしみじみとした気持ちになった。

第3章 ≫ 165

「しずく！　一生のお願い！　相模くんとツーショットで写真撮りたいんだけど」

　やっちゃんがすがるような目で私を見つめる。

「わかった。声かけたらいいの？」

「うん、お願い！」

　やっちゃんは大雅に告白はしないようだけど、初恋の思い出として写真に収めておきたいらしい。

　大雅の前にいるれおの姿にチラリと目を向ける。

　男子は男子で集まって記念撮影をしていて、盛り上がっている様子。

　れおも笑ってはいるけど、みんなとはどこか一線を引いているように見えた。

「大雅、ちょっと」

「なんだよ？」

「いいから来て」

「なんだよ」

「早く」

　怪訝そうに眉をひそめながらも、大雅は男子の輪を抜けて私のあとをついてくる。

　教室の中で撮るのは恥ずかしいと言うので、やっちゃんには先に廊下に待機してもらっていた。

「お前さぁ、怜音とどうなってんの？」

「どうなってるって、なにが？」

「全然しゃべってねーじゃん。ケンカでもしてんのかよ？」

「…………」

違う。

　あれはケンカなんかじゃない。

　れおが私を拒絶しただけ。

　ただ……それだけ。

　ケンカなんかよりも、もっとずっとツラい。

「このままでいいのかよ？　お前らがギクシャクしてるの
見ると、なんかすっげーむずがゆいっつーか」

「ギクシャクっていうか……」

　避けてるわけでも、避けられてるわけでもないんだけど。

　ただなんとなく、話しかけにくいだけ。

　あの日以来、れおに話しかけるのが怖くなってしまった。

　またあの冷たい瞳を向けられるんじゃないかって、拒絶
されるんじゃないかって考えたら、れおの肩を叩こうとす
る手が止まってしまう。

「今日で最後なんだから、言いたいこと言わないと後悔す
るぞ」

　大雅は真剣な表情で私の顔をのぞきこんだ。

　澄んだ大きな瞳と、整ったその顔立ち。

　身長も、また少し伸びた気がする。

　れおと同じくらいか、それより少し高いくらいかな。

　大雅はこうやって、ごくたまにマジメなことを言う。

「言いたいこと、ね。あるにはあるけど……」

「なんだよ？　はっきりしろよ、はっきり」

「うるさいなぁ。そういう大雅はどうなの？　誰かに言い
残したこととか、ないわけ？」

「あ、あるわけねーだろうが。バーカ」

　ムッ。

　バカバカって。

　大雅って、昔から私にだけイジワルなんだよね。

　なぜか挙動不審に私をチラチラ見つめる大雅の顔は、まっ赤だった。

「ふーん、そう。私は自分で解決するから、ご心配なく」

「悪い、ウソついた」

「え？」

「言い残したこと、本当はあるんだ。けど、言わねーって決めてるから」

「なに、それ。それなのに、私には言えっておかしくない？」

「おかしくねーし。しずは言えるだろ？」

「え？」

　私はって……どういう意味？

　わけがわからない。

　だけど、大雅があまりにもさみしそうな瞳で私を見るから、それ以上責める気になれずに口を結ぶ。

「で、なんの用だよ？」

「あ、そうだ」

　忘れかけていたけど、やっちゃんのために大雅を呼びだしたんだ。

「一緒に写真撮りたいなと思って」

「写真？　それなら、教室で撮りゃいいのに」

「い、いいじゃん。廊下で撮るのも、思い出に残るしさ！」

「はぁ？」

　うっ、なんだか思いっきり不審がられてる。

　ちょっと厳しい言い訳だったかな。

　辺りを見回してやっちゃんを探すと、廊下の踊り場でほかのクラスの女子と写真を撮っていた。

「ほ、ほら！　あそこにやっちゃんもいるし、せっかくだからふたりで撮ってあげるよ！」

「お前は写んねーのかよ」

　ますます不審がる大雅。

　やっぱりムリがあったかな。

「だ、だからみんなで撮ろうってこと！」

「まぁ、べつにいいけど。なら、まず俺らふたりで撮ろうぜ」

「え？」

　大雅は廊下を通りかかった友達に自分のデジカメを渡すと、私の隣に並んだ。

「ほら、お前もなんかポーズ決めろよ」

「う、うん」

　大雅に急かされ、ありきたりなピースサインをしてみせる。

　まぁ、思い出に１枚撮っておくのもいいよね。

　イジワルな大雅とっていうのは気に入らないけど、なんだかんだ総合的に見るとほんの少しだけいいやつだし。

　そのあと、クラスが違ういろんな人に声をかけられたくさん写真を撮った。

　やっちゃんのことが心配で目で追っていると、どさくさ

第3章 >> 169

に紛れて大雅とふたりで写真を撮っていたので一安心。

　みんなが弾けるような笑顔を浮かべるなか、心から笑えていない私だけが浮いているようだった。

　それは式が始まってからも同じで、どこかぼんやりしてしまっていた。

　気がつくと、れおの姿ばかりを無意識に目で追ってしまう。

　だけど一度も目が合うことはなくて、今日はまだひとことも言葉を交わしていない。

　れおと話したい。

　今日で同じ学校に通うのも最後。

　これからは別々の道を歩むことになる。

　その前に、やっぱりもう一度ちゃんと気持ちを伝えたい。

　だって、まだ『好き』だって言えてないもん。

　伝えたい……。

　キミに。

　キミの気持ちも、知りたい。

　たとえ拒絶されても、はっきり聞いておきたい。

　私のことをどう思っているのか。

　教室で担任の先生からのお別れの言葉が終わると、いよいよ解散となった。

　このあと打ち上げにいこうという話で、みんなが盛り上がっている。

　これでもう本当に最後。

　れおと同じ教室で過ごすことは、もうない。

さみしいからこそ、後悔だけはしたくない。

　胸をはって卒業できるように、れおにまっすぐぶつからなきゃ。

　誰ひとりとして教室を出ていこうとする人がいないなか、れおがそっと立ち上がったのが見えた。

　れおは大雅に手を振ると、そのまま教室を出ていこうとする。

「ごめん、やっちゃん！　私、行くね。れおと話してくる！また連絡するから！」

「はいよ、いってらっしゃい」

「うん！」

　カバンをつかむと、私は勢いよく教室を飛びだした。

　れお。

　れお！

　……れお！

「れお！」

　まだキミに伝えていないことがある。

　拒絶されても、受けいれてもらえなくてもいい。

　私の想いを伝えたい。

　廊下には別れを惜しむ人の姿がたくさんあって、思うように前に進めない。

「れお、待って！」

　聞こえていないのか、れおの背中は人混みに紛れて消えていく。

　振り返るそぶりはいっさいなく、遠ざかっていく一方。

ねぇ、待って。

待ってよ、れお。

「待ってってば！」

廊下を曲がって階段に差しかかったところで、やっとれおに追いついた。

勢いよくその腕をつかむと、れおがビックリしたようにうしろを振り返る。

「しず？」

「待ってって言ってるのに。れおの……バカ」

「…………」

「話があるの」

「なに……？」

「ここじゃ、ちょっと。中庭に行かない？」

外を指さしながら言うと、れおは小さくうなずいた。

私の姿を見るといつもは笑ってくれるのに、れおの表情はやけに真剣で。

またつきはなされるかもしれないと思うとすごく怖かったけど、逃げたくはなかった。

３月といえど外の気温は低くて、日影に入ると思わず身震いしてしまうほど風が冷たい。

日向のベンチに並んで腰かけ、れおの右耳に唇を寄せる。

「誕生日の日に……好きだって言ってくれたでしょ？　あれね、すごくうれしかったんだ」

「…………」

「私も……れおが好きだよ。小さい頃から、ずっとずっと

好きだった。ずっと、れおしか見えてなかったよ」

　ドキドキと鼓動が高鳴る。

　自分の気持ちを相手に伝えるのって、すごく勇気がいる。

　今さらながら、それを思い知った。

　れおはあの時、どんな気持ちで私に想いを打ちあけてくれたのかな。

　緊張して手が震えた？

　必死に平静を装った？

　私は、どんなれおでも好きだから。

　だから……。

　太ももの上に置かれていたれおの手に、そっと自分の手を重ねた。

　目をまん丸く見開くれおの顔をまっすぐに見つめて、再び口を開く。

「れおが……好き」

「…………」

　不安と緊張でいっぱいのなか、ドキドキしながら、れおからの返事を待つ。

　れおはまっすぐに私を見つめ返しているけど、唇は固く閉ざされたままだ。

　お願いだから、早くなにか言って。

　こうして手を握っていることでさえ、恥ずかしくてたまらないんだよ。

　きっと、私の顔はまっ赤だと思う。

　それでも、れおから目をそむけることはしなかった。

「ごめん……」

　気まずそうに目をふせたれおの低い声が耳に届く。

　ズキンと胸が痛んだ。

「俺はもう、しずのそばにいることができない」

「え……？」

　なに、それ……。

　意味が、わからないよ。

　どこか憂いを帯びたその横顔。

　れおは唇をキュッと結んで、必死になにかに耐えている
ように見える。

　れおの手が固く握り拳を作ったまま、太ももの上で震え
ていた。

　そばにいることができないって……。

「どういう……こと？」

「…………」

「れお？」

「…………」

　れおはうつむいたまま私の声に反応するそぶりを見せな
い。

　ねぇ、れお。

　どういうこと？

　さっぱりわからないよ。

　なんでそんなに苦しそうな顔をしてるの？

　なにを考えてるの？

　私にはもう、れおがなにを考えているのかわからない。

あれだけれおのことを知ってたはずなのに、もう全然わからないよ。

「れお……」

　れおの震える手をキツくギュッと握りしめる。

　大丈夫だよ。

　私がいるから。

　れおには、私がいるから。

　だから、安心して？

　そんな思いをこめて、ギュッと握った。

「しず……俺……っ」

「……っ」

「俺……っ」

　れおの声が震えていることにハッとした。

　眉の下がった不安げなれおの表情を見るのははじめてで、胸がしめつけられる。

　その目はまっ赤で、今にも涙がこぼれ落ちそうだった。

　れお……。

　れおの心の痛みが、震える手から伝わってくる。

　いつも優しく笑っていたれおの弱々しい姿に、涙がブワッとあふれた。

　だけど、泣かない。

　れおが泣きそうなら、私は笑わなきゃ。

　そう思って、顔の筋肉に力を入れる。

　そして、ムリに口角を引き上げた。

「もう……しずの声を、想いを聞いてやることができない

んだ」

　え……？

　ムリに引き上げた口角の力が、スッと抜けていくのがわかった。

　……笑えない。

　こんな時に笑えるわけがない。

　れおの言うとおり、結局私は泣き虫だ。

　目の前がボヤけて、れおの顔が涙でにじんで見えた。

「もう、しずの想いを……聞けないんだよ」

「な、に……それ。なんで……っ？　どういうこと？」

　涙が頬を流れおちた。

　もう、私の想いは聞きたくないってこと？

　嫌いになったの……？

　れおの気持ちが……私から離れたの？

　だから、私の想いを聞きたくないの？

　聞けないの？

　だったら！

　私の気持ちは……どうなるの？

　聞かせてって、言ったよね？

「私……なにか、嫌われるようなことした？　私のこと……嫌いになっちゃった……っ？」

　泣いてこんなことを言ったら、うっとうしいと思われる。

　余計に嫌われる。

　わかってるのに、止められない。

「ごめん……しず。本当に……っごめん」

「……っ」

　まっ赤なれおの目から、涙がこぼれ落ちた。

　はじめて見るれおの涙。

　交通事故に遭って左耳が聞こえなくなった時でさえ泣かなかったあのれおが、肩を震わせながら泣いている。

　ねぇ、なにがあったの……？

　なにかあったんだよね？

　泣くくらいだもん、よっぽどのことが。

　れおは『ごめん』とくり返すだけでそれ以上はなにも言ってくれず、しばらくすると私だけを残してこの場を去った。

　なんで……こんなことになってしまったんだろう。

　いつから、いつから私たちは変わってしまったんだろう。

　……わからない。

　だけどひとつだけわかったことがある。

　れおはもう、私の存在を必要としていないということ。

踏みだせない一歩

　どんなにツラくても、どんなに苦しくても、明けない夜はないんだと知った。

　卒業式の日に置きざりにしてきたままの心と、過ぎていく時間の中で、変わりゆく現実にうまく溶けこめずにいる。

　楽しみにしていた高校生活がどこか色あせて見えてしまうのも、きっとそのせい。

　れおのいない教室は、こんなにも色がない。

「月城さん！　今日の帰り、みんなでカラオケに行かない？」

「え、カラオケ？」

「うん。みんなで親睦を深めましょうってことで」

「私も、行っていいの？」

「もちろんだよ。それとさー、男子たちも誘いたいんだけど、月城さんって相模くんと仲いいよね？　あの辺の男子を誘ってみてくれないかな？」

「あ……うん。わかった」

「ありがとう！　お願いね！」

　小さくうなずくと、クラスのリーダー格の羽山さんは、にっこり笑って私に手を振り、女子の輪の中に戻っていった。

　高校生活が始まって２週間。

　それなりに話せる子はできたけど、友達と呼べるような

子はまだいない。

　嫌われたくないから、おもしろくもないのに周りに合わせて笑ってるだけ。

　私の愛想笑いに気づく人はいないから、深く踏みこまれなくてちょうどいい。

　周りに合わせておけば、たいがいのことはうまくいく。

「教室にいないと思ったら、こんなところでぼっち飯かよ」

　ひっそりとしたひと気のない非常階段でお弁当を食べようとすると、背後からあきれたような声が聞こえた。

「た、大雅……！　なんで？」

「なんでって……昼休みになると、いつもすぐに教室を出ていくお前のことが、ずっと気になってたから」

「え？」

「どこに行ってんのかと思ったら、こんなところでぼっち飯だったとはな」

「う、うるさいなぁ。ぼっち飯ぼっち飯って。ほっといてよ」

　イジワルなことばかり言う大雅に対して、ついつい素が出てしまう。

　教室でもなにかとからんでくるから、女子たちに付き合っているんじゃないかと疑われて困りものだ。

「仕方ねーから、付き合ってやるよ」

　大雅は私の隣に腰を下ろすと、手にしたビニール袋からゴソゴソとパンを取りだす。

「べつに……ひとりでも平気だよ」

「そうさみしいこと言うなって。せっかくモテ男のこの俺

が、さみしいしずに付き合ってやるっつってんのに」

「あは、モテ男って……！　自分で言ったら説得力ないよ」

「うっせー、ほっとけ」

　大雅はパンにガブッとかじりついたあと、じとっと私を
にらんだ。

　それをスルーして、お弁当箱のふたを開けて箸を握る。

　食欲なんてないけど、食べなきゃ午後からの授業が持た
ないので無理やり胃に流しこんだ。

「ほら、やるよ。好きだろ？　これ」

　次に大雅がビニール袋から取りだしたのは、ペットボト
ル入りのジュース。

「なに？」

「ミントサイダー」

　ミント、サイダー？

「好きとか言った覚えはないんだけど。誰かとカン違いし
てない？」

「はぁ？　してねーよ。お前の好きな味だと思うから、飲
んでみろってことだろうが」

「それなら、そう言ってよ」

「いいから飲んでみろって」

　めんどくさそうに言うと、大雅はぶっきらぼうに私の手
にペットボトルを押しつけた。

　勝手だなぁ、もう。

　なんて思いながらも、どんな味なのかが気になったので
すかさずペットボトルのふたを開ける。

「わ、ミントのいい香り」

「だろ？　うまいから飲んでみろよ」

「うん」

　そう思って口に入れた瞬間、強烈なミントの味が口の中に広がった。

「ぶっ！　ゲホッ、ゴホッ……ッ！　な、なにこれ！」

　鼻の中にまで匂いが広がってきて、思わず涙目になった。

　とてもじゃないけど、おいしいとは言えない強烈な味だ。

　っていうか、ミントの葉を粉にしてそのまま入れただけのような甘みもなにもない味。

　正直言って、激マズ。

「ぶはっ、ダマされてやんの！　はははっ、しずの顔！　おもしれー！」

　お腹を抱えて大笑いする大雅の茶髪が、振動で揺れている。

　こ、こいつ……私をダマすなんて。

　なんて最低なやつなんだ。

「めっちゃマズいんだからね！　っていうか、口の中にミントの匂いが染みついて取れないんですけど！　大雅のバカッ！」

「はははっ、まぁ、そうムキになんなって」

　口の中が尋常じゃないほどスースーして、いまだに涙目な私。

　大雅は反省のカケラもなく、お腹を抱えて大笑いしてる。

　ホント、どうしようもないんだからっ。

「大雅も同じ目に遭わせてやる！　ほら、あんたも飲め！」

「うわっ、やめろよ。バカしず」

「うるさい。男でしょ？　だったら、逃げないでおとなしくしてよ！」

「やーだね。俺だって、それ嫌いだし」

「じゃあ、なんで買ってきたの？　買った人が責任を持って飲まなきゃダメなんだからね！」

「そんな法律はねーよ」

「いいから早く飲んで！」

　必死にペットボトルを大雅の口の中に入れようとする私と、それをかわす大雅。

　だけど大雅にはどこか余裕があって、私だけがバカみたいに必死になっている。

　絶対、飲ませてやるんだからねっ！

　私の攻撃を軽々とかわす大雅の手の動きを封じるために、片手でその手をつかむ。

　そして、ペットボトルを持ったほうの手を、大雅の口もとに目がけて押しこんだ。

「んぐっ……」

　低いうめき声のあと、大雅ののどもとがゴクッと鳴った。

　強烈な味に顔をしかめる大雅。

　まん丸く見開かれている目が、次第に涙目になっていく。

「んー……っ！」

　ジタバタする大雅を見て、思わずクスッと笑みがもれた。

　さっきとは違って、いっきに形勢逆転だ。

「ふふ、思い知った？　私を怒らせると、怖いんだから」

「ぷは……お、お前なぁ」

「あはは、大雅が泣いてる！」

　仕返しと言わんばかりに、さっきよりもさらに涙目になった大雅を笑ってやった。

「おかわりあげようか？　泣き虫くん」

　顔を近づけて、目の前でにっこり微笑む。

「な、泣いて……ねーよ」

　だけど、返ってきたのはいっきにはりがなくなった大雅の声だった。

　至近距離で見つめる大雅の顔が、どんどんまっ赤になっていく。

　挙動不審にあちこちに向けられる、視点の定まらない瞳。

　不思議に思ってじっと見つめていると、

「あ、あんまり見るんじゃねーよ、バカ」

　と、あからさまに顔をそむけられてしまった。

　なんだかよくわからないけど、大雅といるとこういうことがよくある。

　ケンカ腰で話していたかと思うと、こんな風にいっきにはりあいがなくなってフェードアウトして終了。

　私たちの言いあいが終わるのは、ほとんど大雅から。

　私が頑固だって知ってるから、折れてくれているのかな？

　だけど、どうもそんな感じじゃないような……。

「あ、そうだ。今日の放課後空いてる？　クラスの子たちが、

カラオケで親睦会をしようって」

「しずも行くんだ？」

「まぁ、一応」

「部活の見学に行こうと思ってたけど、しずが行くなら俺も行く」

「じゃあさ、友達にも声かけてもらえる？」

「いいけど。しずは目当ての男とかいんの？」

「はい!?」

　思わず、変な声を出してしまった。

　なにを言いだすのかと思えば。

「環境変わったし。目当てっつーか、気になる男。いねーの？」

「いないよ。考えたこともないし」

　私の心の中には、いまだにれおがいるから。

　どうやったって、忘れられないから。

　ほかの人なんていらない。

　れおしか……いらない。

　でも、あの日のことを思い出すとツラくて涙があふれてくる。

　あの日から私は、いまだに一歩を踏みだすことができずにいる。

　れおとはあれ以来逢ってないし、連絡も取っていない。

　あんな風に言われて、あんなにツラそうに泣かれて、とてもじゃないけど私から連絡する勇気はなかった。

　あの日から、私の世界は色をなくしてしまったんだ。

「変なこと聞いて悪かったな。頼むから、そんな顔すんなよ」

　私の顔をのぞきこむ、眉の下がった弱々しい顔。

　なにも言わなくても、大雅には思っていることを見透かされていそうで怖い。

　大雅こそ、そんな顔しないでよ。

「べつに普通の顔だよ？　今だって、笑ってるじゃん」

「その笑顔……見てて痛々しいんだよ。お前がそんなんだと、気になって仕方なくなるんだって」

「……ごめん」

「謝ってほしいわけじゃなくて、いつも言ってるだろ？　なんかあったら話くらいは聞くって。俺がいること、忘れんなよ」

「うん……ありがと」

　わかってるよ。

　私を元気づけるために、笑わせるために、わざわざ追いかけてきてくれたんでしょ？

　こうして一緒にお昼を食べてくれるのだって、ミントサイダーだってそう。

　私の様子がおかしいのを気にして、大雅なりに気を遣ってくれたんだよね？

　でも、ごめんなさい……。

　あの日のことは、誰にも言いたくないの。

　誰にも知られたくない。

　だって……言葉にしてしまうと、あらためて認めなきゃいけなくなるから。

れおが私から離れていったという事実に向きあうのは、まだ怖いんだ。

臆病（おくびょう）な私でごめん。

弱い私でごめんなさい。

放課後、クラスの女子や男子たちとカラオケにやって来た。

結構な大人数が集まって、ワイワイガヤガヤとどこにいても目立つ。

これだけの大人数なので、個室ではなくグループ用の大部屋へと案内された。

「月城さん、ちょっといい？」

「え？　あ、うん」

羽山さんに呼ばれた私は、彼女のあとを追って部屋を出た。

トイレの前まできたところで、羽山さんは私を振り返り、なぜか不服そうな顔をして見せた。

「なんで、呼んでもない人たちがたくさん来てるわけ？　あたしは、相模くんと相模くんの仲がいい男子に声をかけてってお願いしたよね？」

「え……？」

「それなのに、なにでしゃばっていろんな男子に声かけてんの？　女子だって、うちらのグループ以外は月城さんしか呼んでないんだけど」

なに、それ。

そんなの、知らない。

私は大雅以外には声をかけていないし、そもそも誰が来るのかさえも今の今まで知らなかった。

でも、親睦会っていったら、普通はみんなで集まるもんだよね？

それなのに……。

「そんなの、相模くんに来てもらうためのただの口実に決まってるじゃん。だから仕方なく月城さんを誘ったってのに、みんなが来てるんじゃ意味ないし」

羽山さんは不機嫌な態度を隠すこともせず、腕組みしながら私をにらみつけてくる。

なかなかはっきり言うよね、羽山さんって。

仕方なく私を誘ったって、バラしちゃってるし。

やっぱり、ダシに使われただけだったのか。

なんとなく予想はしてたけど、はっきり言われるとツラいものがある。

「ごめんね……今度からは気をつける」

今の私がもし中学の頃の私だったら、こんな風に非を認めて謝ったりはしなかった。

きちんと正論を言って、相手と向きあった。

でも、今の私にはそんな気力はない。

というよりも、どうでもよかった。

「ほーんと、しっかりしてよね。月城さんって、デリカシーなさすぎ」

「そだね、ごめん……」

自分でもそれは十分わかってる。

　だからこそ、れおに嫌われてしまったということも。

　全部、私が悪いんだ。

「それって、月城さんは悪くないよね？」

　視界のはしに映ったキレイな金髪に、思わず目を見張る。

　スラリと伸びた長くて細いモデルのような手足と、バツグンのスタイル。

　膝上10センチの短めのスカートと、全体的にゆるく着くずした制服がよく似合っている彼女は、同じクラスの加川さん。

　見た目は派手だけど、加川さんはかなりの美人でみんなから一目置かれている存在。

　いつもひとりで、誰かと一緒にいるところを見たことがなかったから、静かな人かと思っていたけど違うみたい。

「みんなを誘ったのは、相模くん本人だよ？　放課後、みんなに向かって教室の中で誘ってるのを聞いたもん。親睦会を口実にするんだったら、こうなるってことも予想しておかなきゃ。自業自得なんだから、月城さんを責める資格はないよね？」

　加川さんは、マシンガンのごとく正論で羽山さんを責めたてる。

　有無を言わさない力強い瞳に迷いはいっさい含まれておらず、堂々としていて嫌味がない。

　凛としていて、カッコよかった。

　でも、相手にここまでズバズバ言えるってすごいなぁ。

「な、なによ。なんであたしが悪いのよ⁉　あたしは」
「悪くないって？　月城さんは羽山さんに言われたとおり
のことをやっただけなのに、それのどこが悪いの？」
「そ、それは……」
　正論を述べられてぐうの音も出ないのか、羽山さんはバ
ツが悪そうにうつむいてしまった。
「好きなら自分で努力するべきでしょ？　月城さんが協力
してくれただけ、ありがたいと思わなきゃ」
「う、うるさいな。わかってるよ！　言われなくても、自
分で努力するもんっ。もういいよ、月城さんも変なことに
巻きこんでごめん」
「いや、あの、私はべつに」
　羽山さんはふてくされたような顔をしていたけど、自分
の非を認めてちゃんと謝ってくれた。
　思ったことを口に出して言っちゃうだけで、そこまで悪
い人じゃないのかもしれない。
「あたし、先に戻ってるから」
　羽山さんは気まずそうに私から目をそらすと、みんなが
いる部屋のほうへと早足で歩いていった。
「羽山さんも、悪い人じゃないんだけどねぇ。思いこんだ
らズバズバ言っちゃうところがあるんだよ。それにしても、
月城さんもちょっとは言い返したほうがいいよー？　ああ
いうタイプは、ガツンと言ったら黙るから。波風立てたく
ないのはわかるけど、カン違いされたままってのもよくな
いし、それで余計に話がこじれるってこともあるから」

腰に手を当てながら、私に人差し指をつきたてる加川さん。

「あ……うん。そうだね」

そ、それにしても、加川さんってよくしゃべる。

こんなにしゃべる人だったなんて思ってなかったよ。

「あ、ごめん。少し黙れって思った？　あたし、こういうことを黙って見すごせないタイプでさー！　余計なことに首つっこんでくから、いろんな人に煙たがられるんだよね。気を悪くさせちゃったんなら謝るよ。ごめんね」

「そんなっ、めっそうもない……！　黙れだなんて思ってないよ！　ただ、よくしゃべるなぁと思って」

「あはは、よく言われるー！　それで、毎回彼氏にも黙れって言われちゃうんだ。まぁ、そう言われても黙らないから、いっつもケンカしちゃうんだけどね」

加川さんは、頭をかきながらかわいくニコッと微笑んだ。

金色の髪がよく似合っている派手な女の子。

見た目と違ってまっすぐで、芯の強い子なんだと思った。

それ以来、加川さんとは教室でよく話すようになった。

美人だけど気取ってなくて、派手だけどキャピキャピしているわけでもなく、あくまで自然体の加川さん。

そんな彼女に、いつしか私も心を開くようになっていた。

「あ、これかわいい！」

「どれ？」

「これ」

ファッション雑誌のページの一部を指さす加川さんの手もとをのぞきこむ。

　そこには、ハート型のピアスが載っていた。

　キラキラしてて、派手すぎず地味すぎないそのピアス。

「わ、ほんとだ。かわいい！」

「うわ、3000円かー。今月はちょっと厳しいなぁ。塾に通ってるからバイトもできないし。誕生日プレゼントに彼氏におねだりしちゃおうかなぁ。うーん、でも、こっちのネックレスも欲しいしなぁ」

「ほんとだ、ネックレスもかわいいね」

　オシャレが大好きな加川さんは雑誌を見ながらメイクや髪型の研究をしたり、かわいい小物やアクセサリー類を身につけてきて、よく生徒指導の先生から注意を受けている。

　それでも、かわいいものには目がないらしく、こうしていつも雑誌とにらめっこばかりしてるんだ。

「月城さんも、彼氏におねだりしちゃえば？」

「か、彼氏なんていないよ」

「えー、ほんとに？　すっごいかわいいから、モテそうなのに」

　え!?

　か、かわいい……？

　私が？

「なにビックリしてるの？」

「だ、だって、かわいいなんて……言われたことない」

　言われ慣れていないせいか、変に緊張して妙に照れくさ

くなった。

　私の言葉に目をまん丸くした加川さんは、瞬きを数回くり返すと妙にかしこまった声で「マジ？」と聞いてきた。
「うん、マジ……です」
「もったいない！　ってことは、今まで彼氏がいたことないの？」
「……うん」
「好きな人は？」
「好きな人はいた……かな」
　いたと言うよりも、いるって言ったほうが正しいけど。
　でも今は、自分の気持ちがよくわからない。
　れおのことを考えると、胸が苦しくてツラくてどうしようもなくなってしまう。
　それって、まだ未練があるからなのかな。
　肩を震わせて泣いていたれおの姿が、頭に焼きついて離れない。
　私の胸の中には、れおの存在が今も色濃く残っている。
　今頃、どうしてるかな。
　逢いたい……声が聞きたい。
　でも、もう逢えない。
　逢いにいけるわけがない。
　だから、苦しくてツラくて……切ない。
　でも、逢いたい。
　そんな身勝手な感情が胸の中に渦巻いて、もう考えることさえも嫌で、現実から逃げてしまっている。

本当に情けないったらないよね。

あの時……なんでれおは泣いていたんだろう。

わからないままがんじがらめになって、なにもできずにいる。

時間がたてばたつほど距離は開く一方で、どれだけ頑張ってもその距離は埋められない。

夏が来て、秋が過ぎても、れおとの距離は埋められなくて、誰といても心が満たされることはなかった。

「しーってば、もったいない！ なんで友田君をフッちゃったの？ かなりのハイスペックイケメンだったのにー！」

「ちーはそればっかりだね。私は顔で選んだりしないもん」

真冬の1月。

3学期が始まってから1週間ほどたったある日、隣のクラスの男子に呼びだされて告白された。

最初はビックリしてドキドキしたけど、べつにその人のことが好きだったわけじゃない。

告白されたことに対してドキドキしただけ。

「だって、友田くんだよ？ 相模くんと友田くんは、うちの学年の2大イケメンって言われてるじゃん！ そんな人をフッちゃうなんて、もったいない！」

「もう、ちーはイケメンって、そればっか。彼氏に怒られるよ？」

加川千代で、ちー。

なんだかんだで、ちーとはすごく気が合って、今では一

第3章 ≫ 193

緒に買い物にいったり遊びにいったりする仲になった。

　気を遣わなくてすむから楽だし、なによりも思ったことをズバズバ言える。

　ちーもちーで最初から自然体で接してくれていたから、私たちは長年連れそった夫婦みたいに仲よくなった。

「しーって、ずっと彼氏作らないよね。なんで？」

「なんでって言われても……べつに、彼氏なんかいらないし」

　ちーにはれおのことを話していないから、なかなか彼氏を作らない私をいつも不思議がっている。

　その度にあいまいに言葉をにごしてきたけど、本当のことを話したほうがいいのかもしれないと最近になって思いはじめた。

　このまま黙っているのも、ちーに対して心を閉ざしているみたいだし、なによりいつかは絶対に話さなきゃいけないことだから。

　でも、まだ覚悟が決まらない。

　全部を話せるほど、受けいれられたわけでもない。

　もう1年近くたつのに、私はまだ、あの日から一歩も動けずにいる。

キミの気持ち

　それからわずか1週間後のことだった。

　かわいい雑貨屋さんを見つけたから、帰りに寄ろうと
ちーに誘われ、普段めったに来ることのない駅ビルの中へ
やって来た。

　家から高校まで徒歩で15分の私と、電車通学のちー。

　帰りは別方向だから、こうして約束しない限り一緒にな
ることはない。

　学校帰りのこの時間帯、多くの高校生で店内は騒がし
かった。

　ちーの言うようにかわいい小物がたくさんあって、ご
ちゃごちゃした店内を物色するかのように見回す。

　あ、これかわいい！

　小さなスパンコールで蝶々が形取られたヘアピン。

　しかも、最後の1個だ。

　チャーンス！

　そう思って手を伸ばした時、まったく同じタイミングで
ゴツゴツした大きな手が横から伸びてきた。

「「あ」」

　お互いに同じ物を取ろうとしているのがわかって、これ
また同じタイミングでお互い手を止め、思わず相手の顔を
見上げる。

　すると、思いっきり目が合ってしまった。

わー、ど、どうしよう……。

手を伸ばしてしまった手前、引っこめることもできずに固まる。

相手が男の人だということにも、失礼ながらビックリしてしまった。

「えっと……すみません。私はいいので、どうぞ」

手でヘアピンを指し、相手にすすめる。

すると、その男の人は口もとをゆるめてやわらかく笑った。

同い年くらいだろうか。

妙に落ち着きがあって大人っぽく見えるけど、どこかあどけなさの残る笑顔が幼さを感じさせる。

制服を着ているから高校生だとは思うけど、この辺じゃ見かけない制服だ。

深緑のチェックのズボンと、ベージュのネクタイをしめブレザーを着ている彼。

彫りが深くてパッチリ二重のまぶたが、すごく印象的だった。

彼は私の目をまっすぐに見つめ返しながら、逆に私に向かってヘアピンをどうぞと手で合図した。

いえいえと大げさに否定しても、彼はやわらかく笑って私に何度もそれをすすめてくる。

しまいには遠慮してなかなか取ろうとしない私の手に、無理やりヘアピンを持たせた。

「で、でも、あなたも欲しいんじゃ……」

私がなにを言っても彼は優しく微笑んでいるだけで、いらないことを手で必死に訴えてきた。
「しー、なにやってんの？」
「ち、ちー！」
　彼のうしろからひょこっと顔をのぞかせたちーは、不思議そうに目を丸くしていた。
「あのね、この人がヘアピンを譲ってくれて……最後の1個だったのに、優しいよね」
「ん……？　ヘアピン？」
　言いながら、ちーは私の目の前にいた彼の顔を見上げた。
「って、京太じゃん！」
「え？　ちーの知り合い？」
「知り合いっていうか、あたしの双子の弟」
「えっ!?　ちーって双子だったんだ……？」
「そうだよ。言ってなかったっけ？」
　うんとうなずいたところで、再び彼と目が合った。
　私が驚いているように、彼も目を見開いてビックリしている。
　まさか、ちーの弟くんだったとは。
　向こうも、まさか私が双子の姉の友達だとは思ってなかっただろう。
　それにしても、世間ってせまいよね。
　彼に向かって軽く会釈すると、彼も同じようにぺこりと頭を下げてくれた。
「わ、私、月城しずくって言って！　ちーと仲よくさせて

もらってます」

「あ、ダメダメ。わからないから」

「え……？」

　疑問に思って聞き返そうとした時、ちーが弟くんに向かって両手でなにかをしはじめた。

　動きを目でたどっていくうちに、ひとつのことが頭に浮かんだ。

　これは、手話……？

　弟くんはちーの手の動きを目で確認しながら、うんうんと相づちを打っている。

　そして、ちーが私を指しながら弟くんになにかを伝えた。

　たぶん、流れからして私の紹介でもしてるんだろう。

　私はなにも言えなくなって、黙ったままふたりのやり取りを見つめていた。

「俺は加川京太です。よろしくって言ってるよ。京太って呼んでって」

「え？　あ、こ、こちらこそっ」

　いまだにやわらかい笑みを浮かべている京太くんに向かって、もう一度ペコッと頭を下げた。

　そのすぐあと、京太くんと雑貨屋さんで別れ、私とちーは同じ駅ビルの中にあるファミレスにやって来た。

「京太はね、生まれつき耳が聞こえないの」

「え？」

　生まれつき、耳が聞こえない……。

「中学の頃から特別支援学校に通ってて、高校も聴覚障害

者が行くような特別支援学校を受験したんだ」

　小腹が空いたということで、寒いにもかかわらずふたりしてパフェを注文し、運ばれてくるのを待っているところ。

　ちーは京太くんの生い立ちについて話しだした。

　なんとなく話してくれるだろうなって思ってたから、私は静かに聞きいった。

「生まれつきだから、話すこともできなくて。コミュニケーションの手段は、読唇術と手話なの。ビックリしたでしょ？」

「ううん、そんなことないよ。ちーが手話できるなんて思わなかったから、そっちはビックリしたけどさ」

「あは、でしょ？　京太と唯一コミュニケーションが取れるのは手話だからね。でも、手話も思っていることが全部伝わるわけじゃないんだよ。とくに生まれつき耳の聞こえない人がよく使う、日本手話はね」

「ん？　どういうこと？」

「うーん、だからぁ。さっき京太に手話でしーのことを紹介したんだけど、『あたし』『友達』『仲良し』『しずく』って具合いに、日本手話では単語でしか伝えられないっていうか。『あたしの友達で、仲良しのしずくだよ』っていう文章として伝わるわけじゃないの」

「へえ、そうなんだ」

「ろう者にはろう者の独特な文法があって、ろう者間の日本手話では単語で会話してるって感じかな。日本語の文化とは違うんだよ」

第3章 ≫ 199

　うんうんと相づちを打ちながら、ちーの話に耳を傾ける。
　へえと感心しながら聞いていた。
「手話にも種類があるんだ。おもに中途失聴者が使用する
日本語に手話をつけた日本語対応手話と、ろう者が使用す
る日本手話。このふたつはまったくの別物なんだよ。ニュー
ス番組でよく使われてるのは、ろう者にはわからない日本
語対応手話。これは、手で現す日本語って言えば、わかり
やすいかな？」
「うん……」
　全然知らなかった。
　手話で全部伝わるんだと思っていたけど、かなり意外
だった。
　そもそも、手話に種類があるなんて。
　だけど、考えてみたらそうだよね。
　最初から聞こえない人に、日本語がどういうものかがわ
からないのは当たり前だ。
　生まれつき聞こえない人と、途中から聞こえなくなった
人が使用する手話の種類は違う。
　ろう者が独自で日本語を勉強するのは、かなりの努力が
必要になるらしい。
　れおのことがあるからなのか、他人事とは思えなくて
ちーにいろいろ聞いてしまった。
　聞こえないということは、外出の際にも大きな危険を伴
うこと、会話に入れず疎外感を感じたり、人間関係が億劫
になるなんてこともあるらしい。

中途失聴者にせよ、ろう者にせよ、音から遮断された状態の中で暮らしていくことには、かなりの孤独を感じることも少なくないとか。

　そのため、家に引きこもっている人が圧倒的に多いと、ちーは言った。

　なんだか、胸が苦しかった。

　私はれおのなにを見ていたんだろうと、同時にものすごく恥ずかしくなった。

　大丈夫。

　れおは大丈夫。

　普通の人となにも変わらない。

　補聴器をつけたら、聞こえるんだから。

　今までそう思ってきたけど、私の考えはまちがっていたんじゃないだろうか……。

　本当に……れおは、れおの心は大丈夫だった？

　補聴器をつけたら聞こえるんだからと、タカをくくってきた私。

　事故当時はショックだったけど、普通に会話することができていたから、そこまで不便に感じなかった。

　だけど、それはあくまでも私の感性であって、れおがどう感じていたかなんて、一度も聞いたことがない。

　もしかすると……私はまちがってた？

　れおはずっと……苦しんでいたのかな？

　それを私に見せなかっただけで、疎外感や孤独を感じていたのかもしれない。

第3章 ▶▶ 201

　どうして……どうしてもっとれおの立場に立って考える
ことができなかったんだろう。

　私はしょせん……自分のことしか考えていなかった。

　れお……。

　ごめんね。

　ごめんなさい……。

　好きだなんて言っておきながら、キミのことをなにひと
つわかっていなかった。

　そんな自分が情けなくて、恥ずかしくて、不甲斐ない気
持ちでいっぱいになっていく。

　ふと、頭の中にあの日泣いてたれおの姿が蘇った。

　肩を震わせて泣いていた、れおの姿が。

　もしかすると、あれはれおのSOSだったのかもしれない。

　めったに人に弱みを見せないれおが、はじめて見せた弱
さと涙。

　あの日、キミは私を拒絶して遠ざけたけど、それにはな
にか理由があったのかな。

　れおにしかわからない孤独や疎外感が関係していたの？

　やり切れなさで胸がいっぱいになった。

　ガマンができなくなって、やがて頬に生温かいしずくが
流れおちた。

　苦しい、ものすごく。

　悲しい、キミを想うほど。

「ちょ、しー？　な、なんで泣いてるの……？　どうした
の？」

「な……なんでも……ないっ。……っく」

　また泣き虫って笑われる。

　なにも成長してないな、バカだなって。

　本当……私って、バカでどうしようもなくて、情けない
よね。

　れお……逢いたい。

　今すぐ、逢いたい。

　逢って謝りたいよ。

　もう……遅いかな？

　今すぐにでも逢いたいのに、怖くて勇気が出ない。

　れおは私のことなんか忘れて、新しい生活を送っている
んじゃないかって考えたら、とてつもなく怖かった。

　弱虫で情けなくて……どうしようもない私。

「しー、大丈夫？　お店出る？」

　心配して私を気遣ってくれるちーに向かって、首を横に
振る。

　泣いてちゃいけない。

　だって、私が泣くのはまちがってる。

　今度こそ、笑えるようにならなきゃいけない。

　もう、泣かない。

　指で涙をぬぐうと、心にそう強く誓って顔を上げた。

「……ごめんね。もう、大丈夫だから」

「いや、いいんだけどさぁ。なにか悩みごとがあるなら聞
くよ？　話したくないなら、話したくなるまで待つしさ」

「ありがと……」

ちーはムリに聞きだしてくるようなことはしなかった。

　とてもじゃないけど話せる気がしなかったから、今はそれがありがたかった。

　パフェが運ばれてくると、ふたりして無心で頬張った。

　でも、なんだか味気ない。

「あー、真冬に食べるパフェって最高ー！　おいしいよね」

「うん……！」

　無邪気に笑ったちーにつられて、私も笑顔になる。

　れおのことを考えると胸が痛いけど、もう泣かない。

　泣いてちゃいけない。

「ちー……私ね、本当は好きな人がいるの」

「ふんふん」

　ちーはスプーンでクリームをすくうと、パクッと口に入れて私を見た。

　視線を感じたけど、目を合わせると話せなくなってしまいそうだったので、パフェに乗ったチェリーをじっと見つめて言葉を続ける。

「その人と私は幼なじみで、生まれた時からずっと一緒だったんだ。お互いの家を行き来したり、毎年誕生日プレゼントも交換したりして」

「それでそれで？」

「その人、小４の時に交通事故に遭って左耳の聴力を失って……右耳も、補聴器をつけたらかろうじて会話が成り立つ程度まで聴力が落ちたの」

「うん……それで？」

私はちーに包み隠さず全部打ちあけた。

　誕生日の日にキスされそうになったこと、その時に好きだと言われたこと、気持ちを聞かせて欲しいと言われたけど、それ以来れおの様子が変わったこと。

　卒業式の日に泣きながらそばにいることはできない、想いを聞いてやることはできないんだと言われたこと。

　ツラかったけど、正直に全部話した。

　ちーは茶化すことなく最後まで話を聞いてくれて、話し終えたあともしばらく黙ったままだった。

「あたしの個人的な意見としては、もう一度ちゃんと話したほうがいいと思う」

「…………」

「そこまで思わせぶりなことしといて、急に態度を変えたりする？　普通はしないよ。なにか事情があったんじゃないかな？」

「事情って……？　でも、単に嫌われちゃっただけかもしれないし」

「それは、わからないけど。でも、なんとも思ってない人の前で泣くかなぁ？　絶対になにかあったんだよ。態度が変わる直前に、おかしなことはなかった？」

「おかしなことって？」

「んー、通ってた塾をやめたとか、学校に来なくなったとか。ちょっとした変化でもなんでもいいの」

「あ、そういえば」

　そう言われて、思いあたる節があった。

たしかあの時、れおは２週間くらい学校を休んだっけ。

　思えば私の誕生日のあとから、れおは少しずつおかしくなっていったんだ。

「２月４日の私の誕生日のあと、２週間くらい学校を休んでた。でもそれは、星ヶ崎高校の受験に失敗したからだよ」

「え？」

　ちーはパフェを食べる手を止めて、食い入るように私を見た。

　あまりにもビックリしている様子だったから、ついつい私も目が離せなくなる。

　なにをそんなにビックリしてるの？

「あたしの友達も星ヶ崎高校を受験したけど……今年の受験者は、推薦入試を含めて不合格者は出なかったって言ってたよ」

「え？」

　今度は私が驚く番だった。

　どういう、こと？

　不合格者は出なかった？

「で、でも、たしかにれおは落ちたって……そう、言ってた」

　もし、ちーの言ったことが本当なのだとしたら、れおは私にウソをついたってこと？

　本当は合格してたの……？

　わけがわからない。

　合格してたのに、星ヶ崎高校には行かなかったってこと？

あんなに行きたがってたのに、どうして？

　バスケがしたいんだって、そう言ってたよね。

　それなのに……。

　頭がこんがらがって、おかしくなりそう。

「そ、そういえば……星ヶ崎の推薦に落ちたけど、一般入試は受けないって言って……別の高校を受験したの。あんなに星ヶ崎高校に行きたがってたから、おかしいなとは思ったけど」

　そのことが関係してるの？

　あの時の私はちょっとおかしいなと思っただけで、そこまで深く考えられなかった。

　それよりも、れおが受験に失敗したという事実のほうがショックで、そこまで気が回らなかったんだ。

　あの時から、私はなにかをまちがえていたのかな。

「とにかく、もう一度ちゃんと話してみなよ」

「……うん」

　うなずいてはみたものの、なにをどう話せばいいのか思考がまとまらない。

　なにが真実でなにがウソなのかを知りたいと思う反面、とてつもない不安が胸に押しよせてくる。

　そのあと食べたパフェの味はほとんどわからず、気づくと家に帰るまでの道のりをトボトボ歩いていた。

　まだ18時過ぎだというのに、辺りはもうすっかりまっ暗だ。

　マフラーにあご先を埋めて、寒さをしのぐ。

スカートからのぞく肌の部分が痛寒く、すでに感覚はなくなっていた。

もうすぐ2月か……。

私の誕生日がやってくる。

れおとデートしたあの日から1年がたつのかと思うと、信じられない気持ちでいっぱいになる。

去年の誕生日は、ネックレスを買ってもらったっけ。

れおはもう、忘れちゃったかな。

私は忘れられないよ。

れおとのことは全部ちゃんと覚えてる。

あのネックレスは今でも、大切に引き出しの中にしまってあるんだ。

ワガママは言わない。

強くなるから……。

もう一度、もう一度だけ……れおに逢いたい。

足は自然とれおの家のほうに向いていた。

逢える保証はどこにもないし、本音を言うと、きちんと話せる度胸もない。

でも、でも……このままじゃ嫌だ。

本当のことを知りたい。

そのためにも、ちゃんと話せるように頑張る。

意気ごんだところまではよかったものの、れおの家の前に着くと、さっきまでの気持ちはいっきにしぼんだ。

インターホンを押そうか押すまいかというところで、もう15分以上動けずにいる。

ど、どうしよう……。

　やっぱり、やめとこうかな。

　でも、せっかくここまで来たし。

　いや、でももう遅いから、また明日にして……。

　でも……今日を逃したら、勇気が出ない気がする。

　そんな葛藤がぐるぐると渦巻き、なかなか覚悟を決めることができない。

「うむむむむむ」

　ど、どうしよう……。

　自分のこの優柔不断さを、今日ほど呪ったことはない。

　どうしてパッと決断できないのかな。

　私の意気地なし。

　でもね、本当はわかってる。

　どうして覚悟を決めることができないのか。

　それは──。

　れおに必要とされていない事実をありありとつきつけられて、これ以上傷つくのが嫌だから。

　れおに必要とされなくなった現実を認めたくない。

　でも……。

　それでも私は、前に進みたい。

　大きく息を吸って、インターホンに手をかけた。

　もう、迷わない。

　そう思って指先に力を加えた時だった。

　門の奥から、かすかに人の気配がした。

　ひとりではないのか、くぐもったような話し声が聞こえ

てくる。

　かなり距離があるから、なにを言っているかまでは聞き
とれなかったけど、その声は徐々に大きくなってきた。

　だ、誰か来る。

　なぜか焦ってしまった私は、慌ててそこから離れるとす
ぐそばの角を曲がって身を隠した。

　これじゃあ、ただの変な人みたい。

　なんて思いつつ、変に高鳴っている胸に手を当てて落ち
着かせようとする。

「怜音くん、ここでいいから」

「危ないから、送るよ」

　——ドクン

　久しぶりに聞くれおの声に、息が止まりそうになった。

「ふふ、怜音くんって心配性だね。大丈夫だよ、迎えが来
るし」

「でも、せめてそこまで。この辺暗いから、なにかあった
ら顔向けできない」

　姿は見えていないのに、会話を聞いているだけで胸が痛
くて仕方なかった。

　ねぇ、れお。

　その子は誰？

　れおのなに？

「いいからいいから。じゃあ最後に、はい、どうぞ」

「俺は……キミを……愛して……います」

「うん、よくできました。ちなみに、私も……と」

胸がはりさけそうで、気づくと私はその場から駆けだしていた。

　れおの声が頭から離れない。

『俺は……キミを……愛して……います』

　泣かないって決めたのに、走っている途中で涙があふれた。

　なにあれ。

　なにあれっ。

　なんなのよ、あれはっ！

「うー……っく、ひっく」

　涙が止まらない。

　なんなのなんて、聞かなくてもあの短時間で察してしまった。

　ふたりはお互いに愛しあっているということを。

　れおはもう、私のことなんて完全に忘れてる。

　忘れて新しい道を歩いているんだ。

　私だけ……私だけが、れおとの幼なじみの関係に依存して、こんなにもキミを求めてる。

　好きだって……私の気持ちを声で聞きたいって……そう言っていたれおの姿は、もうどこにもなかった。

第4章
～運命のイタズラ～

失恋

　それからどんな風に毎日を過ごしたのか記憶があいまいで、気づくと桜が咲きみだれる季節に突入していた。

　高校２年生、春。

　クラス表が貼りだされた掲示板の前には、砂糖に群がるアリのごとく、人だかりができている。

「しー、今年もまた同じクラスだよ！」

「本当？　やったぁ！」

「しーず、俺も」

「げっ、大雅」

　ちーと手を取りあって喜んでいるところに、大雅が歩みよってきた。

　大雅は中学の時に比べるとずいぶん身長が伸び、顔つきも大人っぽさが増して凛々しくなった。

　ただ、中身は変わっていないけど。

「げってなんだよ、げって。もっと喜べよな、バーカ」

「だって、３年連続同じとか。いいかげん飽きるでしょ」

「薄情なやつだなぁ。ぼっち飯に付き合ってやったのは誰だよ」

　なんてスネたようにぶつくさ言う仕草は、実にガキっぽい。

　黙っていればかなりのイケメンなのに、もったいない。

「そんな昔のことなんて、とっくに忘れたよ」

「なんだと、テメー」

「あはは」

　ふたりで言いあっていると、周囲からの視線をひしひし感じた。

　大雅は学年でもかなり目立っているらしく、2大イケメンなんて言われちゃってる。

　中学の時はそれなりだったけど、高校に入って背が伸びだしてからは、よく女の子に告白されたりもしているらしい。

　そんな大雅が注目されるのは当然だけど、一緒にいる私はほぼとばっちりという形で、女子からのつきさすような視線を浴びせられる。

　正直、嫌でたまらないんですけど。

「あのふたりって1年の頃から仲いいよね？　付き合ってんのかな？」

「ねー。どうなんだろ」

「月城さんが相手じゃ、かないっこないよね」

「言えてるー！」

　ううっ、やだ。

　こんな風に注目の的にされるのは。

「ちー、教室行こ」

　私はちーの腕を取って、集団の中から抜けだした。

　廊下に出るとほとんどひと気がなくなったので、ホッと胸をなで下ろす。

「しーって、相模くんの前だとかなり感情が豊かになるよ

ね。表情もコロコロ変わるし」

「えー？　そう？　まぁ、大雅はバカでガキでどうしよう
もないやつだからね」

　この春、金髪を卒業してダークブラウンにカラーチェン
ジしたちーは、派手な印象から落ち着いた印象にすっかり
様変わりした。

　まさに、清楚系の美人って言葉がピッタリ。

「相模くんと付き合ったりしないの？」

「え、なんで？　ちー、頭大丈夫？」

　なにを言いだすのかと思えば。

　どう考えてもありえないでしょ、そんなこと。

「もしも、だよ？　相模くんに告られたらどうする？」

「え、告られたら？　おかしすぎて笑っちゃうよ」

「……相模くん、かわいそう」

「っていうか、絶対にありえないから」

「えー、そうかなぁ？　相模くんって、しーだけには優し
いじゃん」

　意味深にクスッと笑ったちーをスルーして、教室へと向
かう足のスピードを速める。

　これ以上、大雅の話はしたくない。

　べつに大雅のことが嫌いとかそういうわけじゃないけ
ど、どうしてもれおのことを思い出してしまうから。

　教室に着くと、出席番号順で席が決められていた。

　指定された席に着くなり、すぐあとに入ってきた大雅が
私のもとにやって来た。

「しず、ちょっといい？」

「うん、なに？」

「ゴールデンウィークに、中学ん時の同窓会をやる流れになってて。３年の時のクラスの女子に、声かけてみてくんねーかな？」

「同窓会……？」

　３年の時のメンツってことは、れおもその中に入ってる。

　れおも……来るのかな。

「私は行かないけど、それでもいいなら声だけかけとく」

「は？　なんで行かねーの？　怜音も来るっつってたし、久しぶりだろ？」

　大雅は怪訝そうに眉を寄せながら私に尋ねる。

「だったら……なおさら行けない。大雅には言ってなかったけど、私、れおにフラれたの」

「え？　は？　フラれ、た？」

「うん……」

　れおは私のことなんか忘れて、とっくに前に進んでる。

　いつまでも過去にすがって前に進めないのは、私だけ。

　れおの中に私の存在がこれっぽっちもないことは、拒絶されるよりもずっとツラい。

　幼なじみって、私とれおの関係って、こんなに薄っぺらいものだった……？

　思い出すと涙がこぼれそうになるから、あれ以来考えないようにしている。

　だけど、絶えず頭の片隅にあった。

「しず、ボーッとしてんなよ。今日の帰り、ヒマだろ？
ちょっと付き合え」

「いや、ヒマじゃない。ちーと寄り道して帰るんだから」

「そんなの、帰宅部のお前らは明日でもできんだろ？　俺
は部活があるから、今日しかねーんだよ」

「いや、頼んでない」

「うっせー、あけとけよ」

　大雅は私にそう念押しすると、うしろで騒いでいる男子
の輪の中に消えた。

「んふ、見たぞー！　放課後、ふたりでデートですかー？」

「そ、そんなんじゃないってば。もう、ちーったら」

「あはは、いいじゃん。しーもそろそろ、ほかの男に目を
向けるべきだよ」

「…………」

　目を向けるべき。

　たしかにそうなのかもしれない。

　でも、私の中でれおの存在は確実に大きくなっている。

　どうしたら、忘れられるのかな。

　どうやったら、思い出にできる？

　今でもキミのことを思い出すと、こんなにも胸がしめつ
けられるんだ。

　放課後、半ば無理やり大雅に引きずられ、連れてこられ
た場所は地元の公園。

　昔、れおとよく来た公園……。

「なんで公園？」

「いいじゃねーか、たまには。俺は部活で忙しいから、たまにしか来れねーんだよ」

「ふーん。でも、さっきからなにキョロキョロしてるの？ほかにも誰か来るの？」

　ベンチに並んで座りながら、チラリと大雅に目を向ける。

　あからさまに入口のほうを気にして、誰かが来るのを待っているみたいだった。

「怜音を待ってる」

「は？」

　大雅の言葉に自分でも驚くほど低い声が出た。

　意味がわからない。

　れおを待ってる？

　大雅が……呼んだの？

「なんで……なんで、そんな勝手なことするの？　私、帰る……」

「逃げんのかよ？」

　いつものふざけた大雅ではなく、その表情は驚くほど真剣だった。

　射抜くようなまっすぐな瞳で見つめられ、思わず目をそらしてしまいたくなる。

「逃げるよ。ツラいもん。もうこれ以上、傷つきたくないの……！　大雅には、私の気持ちなんてわかんないよ」

「冬に……怜音んちに向かって歩いていくお前を見かけて、気になってあとつけた。アイツんちから出てきたふたりの姿も見たし、なにを話してたかも知ってる」

「なら、話は早いでしょ。私……帰る」

　立ち上がって大雅に背を向けた。

「お前はまた、そうやって逃げんのかよ？　一度だって、お前はアイツに本当のことを聞いたことがねーだろうが！」

「……てよ」

「ちゃんと向きあって話してみろよ。そしたら」

「ほっといてよっ……！　私の気持ちなんて……大雅には絶対にわからないんだからっ。向きあうのが怖いんだよ。現実をつきつけられて傷つくのが怖いの！」

　だったら、逃げてるほうが楽だから逃げる。

　れおとちゃんと向きあって話す勇気がない。

　長い長い沈黙だった。

　おそるおそる振り返ると、大雅は太ももの上で拳を固く握りしめたままうつむいていた。

「だったら、俺の気持ちもお前にはわかんねーよ」

　桜の花びらが辺りに舞っている幻想的な雰囲気の中、低い声が響いた。

「なにが悲しくて好きな女の恋を応援しなきゃなんねーんだよ。こうやってお前らを向きあわせる場を設けて、背中押してる自分がバカでみじめで情けなくて……どうしようもなく思う気持ちなんて、お前にはわからないだろうな」

「え……？」

「お前みたいなどうしようもないバカを好きになった俺の気持ちが、お前にわかんの？」

「な、に言ってんの……？」

「俺がどんだけお前を好きでも、お前は怜音しか見えてねー
し。毎日怜音のことを考えて泣きそうな顔してるお前を見
てたら、こうするしか方法がなかったんだよ」

　だって……待って。

　わけがわからない。

　大雅が……私を……好き？

　ありえない。

　冗談でしょ？

　だけど。

　視線をあちこちにさまよわせて、チラチラ私を見やる大
雅の顔はまっ赤。

「あー、クソッ。言うつもりなんて、なかったのに……お
前が……自分だけがツラいみたいに言うから、つい」

「…………」

「成り行きで言ったけど、ムシしてくれていいから。お前
の気持ちはわかってるし、どうこうなるつもりもないから」

「か、帰る……」

「ちょ、おい……っ！」

　その場にいられなくなった私は、大雅の顔も見ずに走り
さった。

　大雅が……私を、好き。

　大雅が……。

　ウソでしょ？

　信じられないよ。

『告られたらどうする？』

　ちーの声がふと頭の中によみがえった。

『おかしすぎて、笑っちゃうよ』

　ううん、笑えない。

　全然笑えないよ。

　だって、とても真剣な目をしてた。

　──ドンッ

「……っ！」

　公園を出ていこうとした時、うつむき気味に走っていたせいで入ってこようとした人にぶつかった。

　肩同士が触れあっただけだったので、私は「すみません」と相手の顔も見ずに頭を下げて、立ちさろうとする。

「しず……？」

　え……？

　顔を上げた瞬間、吸いよせられるように目が合った。

　ドクンと胸が高鳴って、懐かしい気持ちがこみ上げる。

　あの頃よりもずいぶん伸びたサラサラの黒髪と、大人びた表情。

　キレイに整った顔立ち。

　見慣れない制服姿。

　肩回りや胸板が一回り大きく成長して、１年前に比べると体つきがたくましくなったように思える。

「れ、お……っ」

　なんで……？

　どうして今逢っちゃうの？

れおも動揺しているみたいで、大きく目を見開きながら信じられないと言いたげな雰囲気だ。

息をすることさえ忘れて、しばらく見つめあっていた。

久しぶりに見るれおの姿に、ありえないほど心が揺さぶられる。

ハッと我に返った時には、耐えきれなくなって私から目をそらしていた。

言いたいことや聞きたいことはたくさんある。

でも……怖い。

また……拒絶されたら？

もう、逢いたくないと思われていたら？

唇をキュッとかみしめて、れおに背を向ける。

「わ、私、急いでるから……っ！」

臆病な私は、大雅からもれおからも逃げてしまった。

最低……。

私って、本当に最低だ……。

しばらく走ったところで足を止め、ブレザーのポケットからスマホを取りだす。

もうムリ。

もうやだ。

ひとりじゃ抱えきれない。

涙でボヤける画面を操作して、ちーに電話をかけた。

ちーは涙声の私にビックリしていたけど、どうやらちょうど学校を出るところだったようで、これから落ちあうことになった。

待ちあわせの駅まで来ると、ちーはすでに待っていてくれて、私の姿を見つけるなり駆けよってきた。

「しー！　なにがあったのかは、あとでゆっくり聞くから、とりあえずあたしの家に行こう！」

「うん……ごめんね」

「いいよ！　困った時はお互い様って言うじゃん」

「ありがとう……」

　明るくて優しいちーの存在に救われた。

　ダメダメな私。

　ちょっとは強くなりたいのに、全然ダメだ。

「ここがあたしの家だよ」

「お邪魔します」

「どうぞどうぞ」

　ちーの家は住宅街の中にあるキレイな一戸建てだった。

　ちーと京太くんが中学を卒業した年の春に、引っ越してきたばかりなんだとか。

「ここがあたしの部屋なの。入って」

「うん」

　部屋の中は、キレイに整理されてオシャレな部屋だった。

　ピンクが好きなちーらしいかわいい部屋。

　「適当に座って」というちーの言葉に、私はラグマットの上に腰を下ろし、そばにあったビーズクッションを抱きかかえた。

　同じように、ちーも私の目の前に座る。

　そして、ついさっきコンビニで買ってきたお菓子や

ジュースをテーブルの上に広げた。

「で、なにがあったの？　話せる？」

「うん……」

　さっそく、さっきのことを全部打ちあけた。

　ちーは楽しそうに目を輝かせて、うんうんと相づちを打ちながら最後まで聞いてくれた。

「やっぱり！　相模くんはしーのことが好きだったんだね」

「うん、ビックリした。っていうか、いまだに信じられない……」

　夢でも見てる気分だよ。

　大雅にはイジワルばかりされてたから、まさかそうだったとは……。

「相模くんはしーを好きなんじゃないかって、一部の女子の間でささやかれてるよ。あれだけいろんな女子に告られてるのに、誰にもなびいてないしね」

「マジですか……」

「マジですよ。一途だよね、彼は」

　知らなかった。

　知らな……かった。

　私だけが、なにも。

「俺の気持ちはムシしてくれって言われたんでしょ？　だったら、言われたとおりにするしかなくない？　あとは相模くんの気持ちの問題でしょ？」

「それは……そうなんだけど」

「スッキリしないって？」

「正直、混乱しすぎておかしくなりそう。ずっと友達だと思ってたのに、いきなり好きなんて言われたから。逃げたとたん、れおに逢うし……もう、なにがなんだか」

　ビーズクッションをギュッと抱きしめて顔を埋める。

　自分自身、なにに悩んでいるのか、なにをどうしたいのかがわからない。

「あたしの個人的な意見としては、もう一度ちゃんと向きあったほうがいいと思う。だからこそ、相模くんもツラい気持ちを押し殺して、しーの背中を押したんでしょ？　あたしの気持ちは、相模くんと一緒だよ」

「…………」

「キツいこと言うけど、傷つくのを怖がってたらいつまでたっても前に進めないよ？　なにより、そこまでしてくれた相模くんの気持ちに応えるべきだと思う。ツラいのはしーだけじゃないんだし」

「うん……」

　そうだね。

　ちーの言葉は正論すぎて、胸にグサグサつきささった。

「あたし、思うんだけど。れお君？　だっけ？　はっきりフラれたわけじゃないんでしょ？　だからこそ、あきらめられないんじゃないかな？」

　え……？

「そんなこと、ないよ。もう私のそばにはいられないって、はっきり言われたもん」

「でも、嫌いだとは言われてないんだよね？　ごめん、も

う逢えないってはっきり言われた？」

「言われて、ないけど……れおは優しいから、そんなこと言わないよ。それに、そばにいられないって言われた時点で、逢いたくないってことでしょ」

「それはしーの勝手な思いこみだよ。もう一度ちゃんと気持ちを伝えなよ。彼女がいようがいまいが、きちんと伝えるべきだよ。フラれたっていいじゃん。その時は、あたしが慰めてあげるから」

ちーの言葉に涙があふれた。

泣かないって誓ったはずなのに、その誓いは破られてばかり。

私の中の時間は、中学の卒業式の日から止まってしまっている。

止まってしまった時間を再び動かすのに必要なのは、相手を想う気持ちと、傷つくのを恐れない心と、ほんの少しの勇気。

背中を押してくれた大雅とちーのために、ウジウジしたままの自分でいるのはやめよう。

情けない自分でいるのはやめよう。

ここで変わらなきゃ、いつまでたっても変われない。

前に進めない。

前に進みたいから、強くなりたいから、私は頑張ってみせる。

もう逃げたくない。

「ちー、私……もう一度れおにぶつかってみる」

そうすることで、きっとなにかが変わるよね。

　もう一度、まっすぐにれおを想っていた頃のことを頭に浮かべて目を閉じた。

「頑張ってね、応援してる」

「うん、ありがとう！」

　ちーの家を出る頃には心が軽くなっていた。

　ありがとね、ちー。

　大雅にも、会ったら謝らなきゃ。

　逃げてばかりの日々から、さよならするんだ。

「あ、そういえば今日は京太くんは？」

「さぁ、まだ帰ってきてないんじゃない？　高校で友達ができたとか言ってたから、遊んでるのかも。もしくは、デート」

「そっか。よろしく言っといてね」

「うん……って、言ってるそばから帰ってきたかも。玄関のドアが開く音がした！　下に行ってみよ」

　ちーと一緒に１階に下りると、ちょうど帰ってきた京太くんがリビングに入ったところだった。

「京太」

　ちーが京太くんの肩をポンと叩いた。

　京太くんはうしろを振り返り、ちーと手話でひとことふたこと交わしたあと、私に気づいてニコッとやわらかく微笑んでくれた。

　あれ……？

　でも、待って。

京太くんが今着てるその制服……さっきも、どこかで見たような。

深緑色のチェックのズボンと、ベージュのネクタイ。

ブレザーのエンブレムも、同じだった気がする。

京太くんは、耳が聞こえなくて……たしか、高校は特別支援学校に通ってるって前にちーが言ってた。

耳が聞こえなくて……耳が。

特別支援学校……。

まさか……まさか。

「ちー、京太くん、ごめん！　確かめなきゃいけないことができたから、帰るね！」

急いでふたりにあいさつをして、慌てて家をあとにした。

次第に駆け足になり、気づいたら全力疾走で駅までの道を走っていた。

どうして逃げてばかりいたんだろう。

もっと、もっと早く見抜けていたら……。

キミの苦しみに気づけたかもしれないのに。

どうして私は、肝心な時にそばにいてあげなかったんだろう。

電車を降りると辺りはすっかり夕焼け空に染まっていて、淡いピンク色とオレンジが重なった部分のグラデーションがすごくキレイだった。

どれだけ息が苦しくても、私は全力で走り続けた。

目指すはひとつ。

大好きなキミに逢いにいく。
「はぁはぁ……っ、つ、着いた」
　しばらく呼吸を整えたあと、迷うことなくインターホン
を押した。
「はーい！　あら、しずくちゃん？　久しぶりねー！　れ
おはまだ帰ってないんだけど、おいしいケーキがあるから
一緒に食べよう。上がって上がって」
　ガチャンとオートロックのキーが外される音がした。
　相変わらず無邪気なれおのお母さんのサクさん。
　れお……まだ、帰ってないんだ。
　安心したような、ガッカリしたような。
　あのあと、大雅と落ちあって遊びにでも行ったのかな。
　そんなことを考えながら、れおの家に久しぶりに足を踏
みいれた。
「こんにちは、お邪魔します」
「しずくちゃん、久しぶり。どうぞどうぞ」
　久しぶりに見るサクさんは最後に見た時と変わってなく
て、その笑顔になぜかホッとした。
　緊張してたけど、いっきに肩の力が抜けて、さっきより
も冷静になっていく。
　ケーキを食べるような気分ではなかったけど、うれしそ
うに準備をするサクさんを見ていたら、いらないとは言え
なくて。
「うち、男ばっかだし、みんな甘いもの嫌いでしょ？　ひ
とりで食べてもおいしくないしさー。しずくちゃんが来て

くれてよかった！　昔はよく一緒に食べたよね」

「うん。カナさんもりおくんもれおも……甘いものが嫌いだもんね」

「そうなのよー！　今日はね、さっきまでお客さんが来てて。その人が手みやげに持ってきてくれたんだ。どれがいい？」

　ケーキが入った箱の中身を私に見せるようにして、サクさんが聞いてきた。

　中にはおいしそうなケーキがたくさん。

「じゃあ、ショートケーキを」

「あ、もしかして今はあんまり食べたくなかった？」

「え？」

「ふふ、れおがね。しずくちゃんがショートケーキを選ぶ時は、食べたくないか、お腹がいっぱいの時なんだって前に言ってたから」

　目を見開く私に、サクさんは優しく微笑みながら教えてくれた。

「あと、飲み物は絶対にココアじゃないとダメなんだって言ってたよ。しかも、糖分控えめじゃなくて甘いやつ」

「…………」

　れお……。

「卒業してからパッタリしずくちゃんが来なくなって、あの子落ちこんでたから。よかったら、これを機にまた遊びにきてやってよ。れおはしずくちゃんのことが大好きみたいだから」

違うんです。

　違うんだよ。

　つきはなしたのは、れおのほう。

　だからね、れおが落ちこむはずがない。

　私のことなんて忘れて、新しい生活を送ってるんだよ。

　彼女だって、いるのかもしれない。

　サクさんはいろんなことを知らないから……だから、笑ってそんなことが言えるんだ。

「しずくちゃんの誕生日にあんなことになって、ツラいのはわかるけど。だけどね、聞こえなくなったことよりも、しずくちゃんに会えなくなったことのほうがツラそうなんだよね」

　え……？

　私の、誕生日……？

　聞こえなく……なった？

　意味が、わからない……。

「星ヶ崎高校への進学をあきらめたことよりも、しずくちゃんに逢えないほうがツラそうなの。れおのやつ、気づいたらいつも窓から外を眺めてるの。きっと、しずくちゃんが来てくれるのを待ってるんだと思う」

「サクさん……待って。なにを、言ってるの……？　意味がわからないよ。聞こえなくなったって……どういうこと？」

　まったく、全然、わけがわからないよ。

「やっぱり……。しずくちゃんにはなにも話さなかったの

ね、あの子」

　サクさんは目を細めて笑ったけど、その笑顔はなんだか悲しげで。

　見ていて胸がしめつけられた。

「れおはね……中3のしずくちゃんの誕生日に、両耳が完全に聞こえなくなったの……」

　それからサクさんは、れおのことを全部話してくれた。

　時々涙ぐみながらツラそうにしてたけど、最後には笑って「これからも、れおをよろしく」って頭を下げてくれたんだ。

動きはじめた時間

　バカッ。

　バカッ！

　れおのバカッ！

　どうして？

　なんで私に話してくれなかったの？

　れおの家を出た私は、あふれてくる涙をぬぐいながら全力疾走で公園へと向かった。

　もういないかもしれない。

　でも、逢いたい。

　れおに逢いたい。

　その一心で公園へと走った。

　辺りはすっかりまっ暗で、夜空に浮かぶ満月がキレイに輝いている。

　春の夜風はまだまだ冷たいけど、走っていたら次第に汗がにじんだ。

　本当にバカなのは私のほう。

　れお……ごめんね。

　私はなにも知らなかった。

　キミの苦しみや涙の理由。

　ごめんね……。

　ごめんなさい。

　れおの話を聞こうとしなかったのは、私のほう。

第4章 ≫ 233

　勝手な思いこみでカン違いして、離れることを選んだの
は私のほう。

　ごめんなさい……。

　今になって気づくなんて、本当にバカだよね。

「はぁはぁ……っ」

　公園に着くと、辺りは不気味なほどシーンとしていた。

　この辺はめったに車も通らなくて人通りも少ないから、
夜は危ないと近所の人たちやお母さんが言ってたっけ。

　街灯が点いているとはいえ、中はまっ暗で入っていくの
をためらってしまう。

　い、いないと思うけど……それだけ確認したら、すぐに
出よう。

「ひっ」

　カサカサと葉が擦れる音にいちいちビックリして、肩を
揺らした。

　こ、怖いよ。

　ひと気があるならまだしも、暗闇ってすごく苦手。

　どこかから犬の遠吠えのようなものまで聞こえて、ます
ます怖くなった。

　でも、負けない。

　そろりと足を動かして、公園内を進む。

　今日は風がほとんど吹いていないから、余計にシーンと
していて不気味に思えた。

　昔ふたりでよく遊んだブランコのそばまできた時、街灯
に照らされている人影が目に入った。

その人はブランコに腰かけ、うつむき気味にぼんやりしている。

　うしろ姿だけど、一目見ただけで誰なのかがわかってしまった。

　いっきに涙があふれて、思いっきり足を前に踏みだす。

　れお……。

　れお……っ！

　無意識にその背中に駆けより、気づくとうしろからその大きな背中を抱きしめていた。

　ブランコに座っているれおの肩にアゴが当たって、そこに顔を埋める形になる。

　れおの体がビクッと揺れて、顔を横に向けたのが気配でわかった。

「しず……？　なんで？」

「れおの……バカッ」

「しず……？　泣いてんの？」

「泣いて……ないっ」

　フルフルと大きく首を横に振る。

　大好きなスカッシュ系の香りに、懐かしさがこみ上げて胸がしめつけられる。

　それと同時に、あの頃から１ミリも変わっていない自分の気持ちにあらためて気づかされた。

「しず、苦しいから。ちょっと離れて」

「やだっ！」

「しず」

頑なに首を振り続ける私の耳に、優しくて穏やかな声が
届く。

　大好きだったれおの穏やかな声に、次第にドキドキが増
していく。

　やっぱり私は、れおが好き。

　大好き……。

「全部……聞いたよ。サクさんから」

「ごめん……しず。なんて言ってるか、わからないんだ」

　れおの右耳にあるはずの補聴器が外されているのは、電
池が切れたからでも、故障しているからでもない。

　15歳の私の誕生日の日、駅の階段から落ちそうになった
女の子を助けたせいで頭を打ち、右耳の聴力が完全に失わ
れてしまったから。

　れおがなぜ2週間も学校を休んだのか、なぜあのあとか
ら様子がおかしかったのか、サクさんに聞いてはじめてそ
の理由を知った。

　どうして私に言ってくれなかったの？

　そんな風にれおを責める資格は私にはない。

　れおがどんな気持ちでいたかを考えたら、言えるわけが
なかった。

　それにね……。

　卒業式のあの日、早とちりした私は大バカだった。

　れおは……私に言ってくれていたのにね。

『もう……しずの声を、想いを聞いてやることができない
んだ』って。

嫌われたんだ、もう、私と話したくないんだって……カン違いしたのは私のほう。

　まさか、耳が完全に聞こえなくなっていたなんて知らなかった。

　ごめんね……。

　ごめんなさい……。

　何度謝っても足りない。

　私はいったい、あの時どれだけれおを傷つけたんだろう。

　もし時間が戻せるのなら、あの頃に戻って言ってやりたい。

　私を拒絶してるのは、れおの強がりなんだよ。

　本当はすごく苦しんでいるはずだから、なにがあってもそばを離れないでって。

「好き……れおが、好き」

　あの時届いていたと思っていた私の気持ちは、れおに届いていなかった。

　聞こえていなかった。

　もしあの時ちゃんと届いていれば、なにかが変わったのかな？

　もう後悔はしたくない。

　だから、ありったけの想いを伝えたい。

「れおが……好き」

　今のれおには私の声は届いていないから、ちゃんと伝える。

　れおの背中に回した腕をといて、前に回りこんだ。

第4章 >> 237

　目をまん丸くしながら、私の行動を見守るれお。
　あの頃よりも伸びた黒髪と、凛々しく男らしくなった表情。
　れおから放たれる『男』の部分に、ドキドキと胸が高鳴りはじめる。
「わ、私は……」
　れおに伝わるようにしっかりと顔を見つめ、手で私自身を指すジェスチャーも加える。
　唇の動きをわかりやすくオーバーにしたせいで、大きな声が出てしまった。
　いいよね、それでれおに伝わるのなら。
「れおのことが……」
　今度は手でれおを指した。
　難しい言葉じゃないし、唇の動きからなにを言っているのかは伝わっているはず。
「好きー……！」
　もう、この言葉以外に見つからない。
　キミが、好きです。
　大好きです。
　両手でハートの形を作ってれおの胸にぶつけた。
　すごく恥ずかしいし緊張もするけど、絶対に私からは目をそらさない。
　私の想いが全部れおに届いてほしいから、何度も何度もぶつけるんだ。
「好き。れおが……好き」

手で作ったハートを何度も何度もれおの胸にぶつけた。

「好き……大好き」

　れおを想うと、こんなにも胸がしめつけられる。

　ねぇ、大好き……。

「ふはっ」

　驚いたように目をまん丸く見開いていたかと思えば、れおは今度は手の甲で口もとを覆うようにして吹きだした。

　大きな目が細まり、優しい雰囲気に変わる。

　クスクス笑いが止まらないれおを見て、ア然とする。

「し、信じらんない。なんで笑うの？　人の決死の告白を―！」

「ごめんごめん」

「悪いなんて思ってないくせに！　バカーッ」

　恥ずかしさから、ポカポカとれおの胸を叩いた。

　恥ずかしい。

　恥ずかしすぎるよ。

「ごめんって。かわいいなと思ってさ」

「え……？」

　か、かわいい……？

　私が？

　れおは私の手首をつかむと、ブランコから立ち上がった。

　そして、そのまま勢いよく自分のほうに引きよせる。

　れおの胸にトンとおでこが当たったかと思うと、目一杯ギュッとその腕に抱きしめられた。

「れ、れお……」

第4章 >> 239

「しず、俺……」

　れおの腕に包まれて、トクントクンと鼓動が大きくなっていく。

「ずっと……しずと向きあうことから逃げてた。つきはなして……ごめん」

「そんなことない……そんなことないよ。れおが謝る必要なんてない……悪いのは、私のほう」

　そんな気持ちをこめて、思いっきり首を横に振った。

　れおは悪くない。

　悪いのは……私。

「両耳が聞こえなくなって……もう、終わりだと思った。音から遮断された世界はあまりにも孤独で……静かで。自分の存在意義さえ、見いだせなくなってたんだ」

「……っ」

「しずは俺とは違う。普通の世界にいる人間なんだって思ったら、すっげえ劣等感を抱いて……今まで積み重ねてきたものが俺の中で壊れて。気づくと、距離を置くようになってた」

　れおの声が、体が小刻みに震えている。

　普段めったにこんなことを話さないから、緊張と不安でいっぱいなんだろう。

　でも、大丈夫だよ。

　安心して。

　私は、もうれおから逃げたりしない。

　なにがあっても、ずっとそばにいる。

れおはひとりじゃない。

私がいるよ。

だから、弱さや本音をさらけだして。

私に全部聞かせて。

「あの時は、なにもかもが卑屈にしか捉えられなくて。聞こえなくなったってしずに知られたら、俺から離れていくんじゃないかって……怖かった。ただ、それだけだった。だから、わざとつきはなして……傷つかないように必死に自分を守ってきた。けど、今日大雅に言われて自分の気持ちに素直に向きあおうって思えたんだ。それでさっきまで走り回ってしずを探してた。でも、見つからなくてどうしようもなくなってここに戻ってきたんだ。逢えてよかった」

「……っ」

のどの奥がカーッと熱くなって、頬に涙が流れた。

れおはいったい、どれだけ苦しんできたの？

自分だけが苦しいんだと思っていた。

れおに嫌われたんだと思ってた。

でも、違った。

苦しんでいたのは、れおのほうだった。

れおの胸にあるベージュのネクタイは、京太くんのと同じもの。

両耳が聞こえなくなったれおは、あんなに行きたがっていた星ヶ崎高校への進学をあきらめ、京太くんと同じ聴覚障害者の特別支援学校へ通っていた。

今の今まで知らなかったれおの真実。

第4章 ≫ 241

　なにも知らずに私だけが苦しいんだと思っていたあの頃の自分を、殴りたくなった。

　れおのことを知った気でいたけど、なにもわかってなかったんだ。

　れおの背中に腕を回して、力の限りギュッと抱きしめる。

　もうこれ以上、れおに傷ついてほしくない。

　苦しんでほしくない。

　そう願いをこめて、キツくキツく抱きしめた。

「しず……苦しい」

　れおの言葉をムシして、腕の力をさらに強めた。

　ピクッと反応するれおの体は、戸惑っているように思える。

「いいのかよ……？　こんな俺で……」

　なんで……『こんな俺』とか言うの……？

　れおはなにも変わらない。昔から……私の大好きなれおのままだよ。

「れおがいい……私は、れおがいいの」

　聞こえていないとわかっていながらも、そう言わずにはいられなかった。

　お願いだから『こんな俺』なんて言わないで。

　私はれおじゃなきゃダメなんだよ。

「しず……顔、上げて」

「…………」

　泣いているのを知られたくなくて、首を振って拒否をする。

また泣き虫って言われちゃう。

　強くなるって決めたのに、れおに関しては全然ダメだ。

　情けないよね……。

「しーず。ほら、早く」

　耳もとで甘くささやかれ、ドキンと胸が高鳴った。

　なんで……なんでそんなに色気を含んだ声で、ささやくの？

　わざと……？

　やっぱりれおは、私をドキドキさせる天才だ。

　そんな技、いつ身につけたの？

　れおばかりが大人になって、私だけが取り残されていく。

　追いつきたいのに、追いつけない。

　そんなのは嫌だから、私はれおの背中に回していた腕の力をゆるめておそるおそる顔を上げた。

　月明かりに照らされた端正な顔立ち。

　これまでにないくらいの熱がこもった視線に、心臓がバクバク音を立てる。

「また泣いてる」

「な、泣いてな……っん」

　クスッと笑ったかと思うと、突然れおに唇をふさがれた。

　一瞬の出来事になにが起こったのか思考が追いつかない。

　唇にふれるかすかな温もり。

　それがれおの唇だと認識するのに、数秒かかった。

　ううん。

第4章 》》 243

　離れたと同時に、それがれおの唇だと認識した。

　触れていたのは、ほんの一瞬の間だけだった。

「な、なっ……っ」

　今のって……キス、だよね？

「泣きやんだ？」

　サラリとそんなことを聞いてくるれおには、恥ずかしさやドキドキしているようなそぶりはいっさいない。

　まるで、泣いてる子どもをあやすような優しい表情でそんなことを聞かないで。

　子ども扱いされたくない。

　ねぇ、私のこと……どう思ってるの？

　彼女……いるんだよね？

　それなのに、どうして私にキスなんかしたの？

　……バカッ。

「しず？　なんでまた泣くんだよ」

「うる、さい……っ、れおのせいだ、バーカ」

　れおから離れ、ブレザーのポケットに入れていたスマホを取りだし画面を操作してメモを開いた。

　そこに文字を打ちこんでれおに見せる。

『彼女がいるくせに、私にキスなんかしないでよ！　れおのバカ』

「は……？　彼女？　そんなの、いるわけないだろ」

　涙目の私に、れおは不思議そうに眉を寄せる。

　しらばっくれているようには見えないけど、止まらなかった。

『ウソ！　だって、見たもん。冬にれおの家に行った時、女の子に愛してるって言ってたところ。女の子も、私もって言ってた』
「いや、言ってないし。なにかのまちがいだろ」
　そんなわけない。
　ちゃんとこの耳で聞いたもん。
『大雅もその場にいて、聞いたって言ってた！　女の子とふたりで出てくるところに遭遇したもんっ！』
　責めるつもりなんてないのに、打ちこむ文章のニュアンスがついキツくなってしまう。
「女の子と出てくるところ……って、まさか」
　思いあたる節があるのか、れおは意味深につぶやいたあと黙りこんでしまった。
　やっぱり、なにかあるんだ。
「明日空いてる？」
　しばらくして真顔で聞いてきたれおに、小さくうなずく。
　明日は土曜日で学校は休み。
「明日の13時にしずの家に行くから、待ってて」
「え？」
　どういう意味？

　翌日、13時前。
　昨日はあれからすぐに家まで送ってもらった。
　れおは今日全部話すからと言って、昨日はなにも教えてくれなかった。

第 4 章 ▶▶ 245

彼女ですって、いきなり紹介されたらどうしよう。

私、耐えられるかな。

笑って祝福できるかな？

ムリだ。

できないに決まってる。

でも、たとえ彼女だと言われても私は逃げない。

逃げたくない。

れおの幸せを、願わなきゃダメだよね……。

布団に入ったあと、そんなことを考えていたら眠れなくなって、おかげで今日はかなりの寝不足。

目ははれぼったいし、頭はぼんやりするしで最悪だ。

だけど落ち着かなくて、どうしても家にいられなくなり、外に出てれおを待つことにした。

うららかな春の風に揺られて、アパートの前の桜の木から花びらが舞いおちる。

見事なまでの快晴で、まさにお出かけ日和の今日。

「しず！」

桜の木の下で黄昏れていると、背中に聞こえた私を呼ぶ声。

振り返るとそこには、優しく微笑むれおの姿とその隣に並んで歩くキレイな女の子の姿があった。

ズキンと胸が痛む。

きっと、れおの彼女だ。

……笑わなきゃ。

笑って、おめでとうって言わなきゃ。

「あなたが月城しずくさん？」

「あ、はい……」

　れおよりも先に口を開いたのは彼女だった。

　甘くて女の子らしい声。

　桜の花びらのような薄ピンク色に頬を染める目の前の彼女。

　白い肌が透き通るようにキレイで、とてもかわいい顔立ちをしている。

　やわらかそうなフワフワの髪が、風になびいて揺れていた。

「私は小松明菜です。よろしくね」

　なんてかわいく笑う人なんだろう。

　これじゃあ、れおが惚れるのもムリはない。

　素直でいい子そうだし、お似合いだよね……。

「しず、小松さんは……」

「怜音くん、ごめん。ちょっと外してくれる？」

　小松さんはれおの肩をポンと叩き、ジェスチャーでそれを伝えた。

　れおは素直にうなずいて、私たちのもとから遠ざかっていく。

　なぜか疎外感を感じてしまい、シュンと肩を落とす。

　応援しなきゃいけないのに、心が沈んでいく。

　ふたりの間に深い絆があるように思えて、れおと離れていた１年という時間を取り戻せないことを痛いくらいに思い知った。

「わ、私とれおは……ただの幼なじみですから！　なにも
ないので、不安に思ったりしないでください……っ！」
「え？」
　大きな瞳をより大きく見開く小松さん。
　その顔もかなりかわいい。
「えっと……わ、私はれおのことが好き、ですけど！　でも、
それでもれおが選んだ人なら応援します！　れおはしっか
りしてるようで強そうに見えるかもしれませんが、本当は
とても繊細で傷つきやすい人なんです……！」
「あの、えっと……なにかカン違いしてるようだけど」
　小松さんがおそるおそる口をはさむ。
「え？　カン違い……？」
「怜音くんとは、ただのクラスメイトで友達なの」
「え……？」
「私はまだ補聴器で会話は聞こえるんだけどね。怜音くん
と同じで、小学校４年生の時に聴力を失ったんだ」
　そう言って、小松さんは髪の毛で隠れた耳の中の補聴器
を見せてくれた。
　クラスメイトで友達……？
　彼女じゃないの？
　だったらどうして、れおの家に？
「私ね、耳が聞こえなくなってからは、普通学級じゃなく
て特別支援学級に通ってたの」
　小松さんは自分のことをゆっくり私に話してくれた。
　特別支援学級に通うようになってから、手話を勉強する

ようになったこと、手話を覚えたら今まで話せなかった耳が聞こえない子と話せるようになり、仲よくなれたこと。

　手話を覚えるのは簡単じゃなかったけど、覚えたら世界が広がって生きているのが楽しくなったと教えてくれた。

「怜音くんもね、手話を覚えたいみたいで。時間が空いた時に、時々家でレッスンしてたの」

「れおが……手話を？」

「うん。今の高校はほとんどみんな手話を使うから、会話に入りたいんだって言ってた。努力家だよね、怜音くんって」

「そう、だったんだ……」

　れおが手話を習っていたなんて。

　頑張り屋のれおのことだから、必死になって勉強したんだろう。

「あ、肝心なこと言うの忘れてた！　『愛しています』『私も』っていうあのくだりは、帰り際におさらいしてただけで、本気のやり取りじゃないから。ついついふざけて『私も』って返しちゃったけど、あのあと彼氏にすごい怒られて大変だったんだ」

　小松さんは、テヘッと笑って私にそう教えてくれた。

　かわいくて無邪気で、天真爛漫な彼女。

　会ったばかりだけど、なぜか小松さんとははじめて会った気がしないというか、仲よくなれそうな気がした。

　それよりも、れおの彼女じゃなかったことにビックリ。

　あれは私のカン違いだったんだ……。

また私の早とちりだよ。

　は、恥ずかしい。

　もう、れおに合わせる顔がない。

「どう？　俺の誤解はとけた？」

「れ、れお……っ！」

「バッチリだよ。じゃあ、私は今からデートだから。頑張っ
てね、しーちゃん！」

「し、しーちゃん？　って、私のこと？」

「そ！　私のことは、明菜でもあーちゃんでも好きなよう
に呼んでくれていいから！　また会おうね、バイバイ」

「あ、うん！」

　小松さんは私とれおにかわいく手を振ると、そそくさと
この場を去っていった。

　取り残された私とれおの間に沈黙が訪れる。

　ど、どうしよう……。

　誤解はとけたけど、これからどうすれば……。

「俺んち、来る？」

「あ、うん……」

「じゃあ、行こう」

　れおに腕を引かれて歩きだす。

　自然な仕草でさり気なく手を引く紳士的なところは、変
わってないなぁ。

　これからも、私はれおの隣にいてもいいのかな。

　願わくば、ずっとキミのそばにいたい。

　久しぶりに訪れたれおの部屋は、以前となにも変わって

いなかった。

　シャーロットのペガサスの油絵を見たのは久しぶりで、しばらくそれに見いってしまう。

　この絵、やっぱり好きだな。

　れおの部屋の匂いも、この空間も全部が全部、すごく懐かしい。

　そして、すごく愛おしい。

　私、れおのことがこんなにも大好きだったんだ。

「れおのベッドー！　相変わらずふかふかだ」

　キングサイズのベッドにダイブして布団にくるまり、その上をゴロゴロ行ったり来たり。

　ベッドの上には読みかけのマンガや、手話の本が数冊置いてあった。

　勉強してるって言ってたもんね。

「ねぇ、れお。この本、私にも貸して……って、なにそんなところにつったってんの？」

「はぁ」

　え？

　なんでため息？

「しずさぁ、久しぶりに来といてよくベッドの上でゴロゴロできるな。その神経、マジで疑う」

「え？　なんで？　昔はよく一緒にゴロゴロしてたじゃん」

　って言っても、聞こえないんだっけ。

　紙に書くかスマホに打ちこんで見せなきゃ。

「それは昔の話だろ？　わかってんの？　俺は、お前のこ

とが好きなんだってこと」

「え……」

「そうじゃなきゃ、キスなんかするわけないだろ？　バー
カ」

　ベッドの縁に腰かけ、スネたような目で私をにらむれお。

　か、かわいい。

　それに……今、なんて？

　私のことが好きって……言った？

「うれしい……っ！　私も……好きだよ」

　ガマンできなくなって、れおの胸に飛びこんだ。

「うわ、おい、しず」

　れおが好き。心の中でそうつぶやいた。

　勢いあまって、ふたりしてベッドの上に倒れこむ。

　れおの上に覆いかぶさる形になってしまった。

　恥ずかしいけど、れおの首もとに手を回して抱きつく。

　すると、トクントクンというれおの心臓の鼓動が伝わっ
てきた。

　わわ、れおの心臓……私と同じくらい速いよ。

「あのさ……。こういうことされると、マジで困るんだけど」

　低くかすれたような声に胸がキュッとしめつけられる。

　ダメだ、私。

　れおのこの声に相当弱い。

「聞いてる？　困るって言ったんだけど」

「…………」

　でも、離れたくない場合はどうすればいい？

ずっと、れおと抱きしめあっていたい。

　れおの温もりにふれていたい。

「しず。これ以上はヤバいから、離れて」

　ううんと首を振る。

「しず」

「…………」

　離れたくない。

　そう願いをこめて、れおにキツく抱きつく。

「今日は手ぇ出さないつもりだったのに、そうさせたのは
しずだからな？」

「え？　なに？　ちょ、れお？」

　あっという間に形成逆転。

　今度はれおが私の上に覆いかぶさった。

　熱を含むじっとした瞳に見つめられて、息をするのも
忘れてしまいそうになる。

　──ドキドキ

　──ドキドキ

　ありえないほど鼓動が高鳴る。

「れお？　いきなりなに？」

「なにビックリしてんの？　しずから誘ったくせに」

「さ、誘ったなんて……そんな、つもりは」

　言っててまっ赤になっていくのがわかった。

　なにより、この状況。

　相当恥ずかしすぎるでしょ。

　れおの真顔は普段の穏やかな表情とはギャップがありす

ぎて、ドキドキさせられっぱなし。

　ムダに色気を振りまくのは反則だよ。

「す、少し落ち着こう？　ね？」

「だから、こうさせたのはしずだろ？」

　聞こえていないはずなのに、れおはまるで私の声が聞こえているかのように返してくる。

　長年の付き合いだから、読まれてしまっているのかな。

　おでことおでこがくっつきそうな距離までつめられて、かなり真近にれおの存在を感じる。

　目をそらそうとしてみても、力強い瞳に抗えなくて。

「そ、そんなに見ないで……は、恥ずかしい、から」

「しずでも、恥ずかしくなったりするんだ？」

「あ、当たり前でしょ……！　私をなんだと思ってんの？」

「うーん、小悪魔？」

「はぁ？」

　こ、小悪魔？

　なんだか、ショック……。

　私、性格悪いと思われてる？

「キス、していい？　嫌ならやめるけど」

　再び熱のこもった視線を向けられた。

　やめてよ、そんな目で見ないで。

　ドキドキが止まらなくなる。

「れお……好き、だよ」

　自分から顔を浮かせて、れおの唇に唇を押しあてた。

　やわらかいれおの唇と鼻先をかすめるシャンプーの匂

い。

　ギシッとベッドのスプリングが軋んで、変に緊張感が増す。

　唇を離そうとすると、今度はれおに勢いよくキスされた。
　体の力が抜けて全身がベッドに沈みこむ。

　れおは私の両手首をつかんでシーツに押しあてながら、何度も何度もキスをくり返した。

　次第に頭がクラクラして、顔から湯気が出そうなほどのぼせ上がる。

　尋常じゃないほどドキドキして、どうにかなってしまいそう。

「しず」

　そんな甘い声に胸を撃ち抜かれ、ドキドキが大きく激しくなっていく。

　……好き。

　れおが好き……。

　だから、ずっと一緒にいたい。

　しばらくすると唇を離して、れおは照れくさそうに顔をふせて私の上から退いた。

「しずは大雅と仲いいんだ？」

「大雅？　どうして？」

「いや……アイツ、昨日気になること言ってたし」

「気になる、こと？　仲いいっていうか……」

　昨日、告白されたけど……。

　でもそれは、れおに言うべき？

「っていうか、しずは大雅と付き合ってるんだと思ってた」

「え？　な、なんで？」

　すでに起き上がってソファに座り直したれおのあとを追って、私も斜め向かいに腰を下ろした。

　大雅と付き合ってると思ってたって……。

　どうしていきなり大雅が出てくるの？

「俺のカン違いだから気にしないで。ごめん」

「あ、うん」

　なんだかよくわからなかったけど、深く聞くなというれおの無言の重圧に負けて口をつぐむ。

　そのあとは離れていた時間を埋めるように、他愛もない会話をして過ごした。

　長い文章は、スマホのメモに文字を打ちこめば会話が成り立つので、不便さはなくれおもまた気にしていない様子。

　久しぶりに、れおとの幸せな時間を過ごした。

『また、前みたいに会ってくれる？　突然家に行ったりしてもいい？　私の家にも来てくれる？』

「うん、また空いた時間にしずの家に遊びにいくよ。連絡もする」

「うん！　ありがとう」

　よかった。

　れおと前みたいな関係に戻れるんだ。

男じゃない〜怜音side〜

『今日の放課後、公園に来い。お前が来るまで、ずっと待ってる』

　昼休みに大雅からそんなメッセージが届いて、かなり戸惑った。

　両耳が完全に聞こえなくなってから、しずだけではなく、大雅や中学の時の友達とも距離を置くようになっていたからだ。

　距離を置くようになった俺に対して、周りのやつらもどんどん関わりを持つことを避けるようになった。

　ただ、大雅だけは高校が離れてからもメッセージを送ってきたり、遊ぼうと誘ってきたり普通に接してきた。

　大雅はいいやつだ。

　そんなの、親友の俺が一番よく知ってる。

　ちょっとガキッぽいところもあるけど、最高にいいやつだ。

　だからこそ、誰からも距離を置くようになった俺は戸惑った。

　今さら会ったところで、なんの用があるっていうんだよ。

　両耳が完全に聞こえなくなったことは、誰にも言わなかった。

　いや、言えなかった。

　孤独や絶望のほうが大きくて、自分でも受けいれられな

かったことを、人に話すことなんてできなかったんだ。

なんで俺なんだよ……っ。

補聴器からかろうじて聞こえていた唯一の音まで奪われて、この先なにも聞こえない無音の世界で生きていかなきゃならないなんて。

なにより、もうしずの声が聞けない。

告白の返事は直接聞きたいって自分から言っておきながら、その能力が完全に失われてしまった。

しずの声だけではなく、俺にはもう、この世界のあらゆる音が聞こえない……。

風が通り抜ける音、自分の足音、食べ物をかむ音、話し声、笑い声、泣き声……。

無音の世界に自分の存在価値が見いだせなくなり、生きてる意味がわからなくなったこともあった。

こんな俺を……誰が好きになってくれるっていうんだよ。

しずも……いつかは離れていく。

そう考えたら、苦しくて虚しくて。

それに、両耳が聞こえなくなったなんて言うと、しずのことだから泣くに決まってる。

アイツの笑顔を奪うようなマネはしたくない。

いつかは離れていくのなら、いっそのことこっちから離れよう。

そのほうがしずも幸せになれる。

笑っていられる。

俺じゃないほかの誰かと、一緒にいるほうがいいに決まってる。

　だから……遠ざけて拒絶した。

　弱い俺は、しずに真実を打ちあけて向きあうことから逃げたんだ。

　それだけじゃない。

　星ヶ崎高校への進学をあきらめたのも、ただ逃げただけ。

　通おうと思えば通えたけど、合格を蹴って家から電車で1時間のところにある特別支援学校を受験した。

　生徒数はそんなに多くないけれど、ここにはいろんな事情を抱えたやつがいる。

　俺と同じ仲間がいる。

　それだけで救われた気がした。

　中には、俺と同じように小学生の頃に病気や事故で聴力を失った中途失聴者もたくさんいた。

　生まれつき耳が聞こえないやつもいたけど、手話を使えば会話は可能。

　1年かけてあらゆる手話を勉強したけど、まだまだ基本的な会話しかできるようになっていない。

　それでも、できなかった頃に比べると、スムーズに会話が進むようになった。

　授業もすべて日本手話で行われるため、家に帰って予習をしないとついていけないのが現状。

　1年たった今は、少しは授業内容が理解できるようになったけど、それでもまだまだわからないことのほうが多

い。

　覚えることが多すぎて、弱音を吐きたくなることもあったこの1年。

　それでもただがむしゃらに、なにかから逃げるようにして余計なことは考えずに走り続けてきた。

　そんななか、大雅から届いたメッセージ。

　放課後になって、帰りの電車に揺られながらも、俺はまだ迷っていた。

　行くべきか、行かざるべきか。

　いや、普通に考えたら行かないだろう。

　だけど、このままでいいのだろうかとふと疑問に思うことがあった。

　このまま逃げ続けるだけの人生でいいのか？

　後悔するんじゃないのかよ？

　両耳が聞こえなくなった日から、俺の中の時間は止まってしまったままだ。

　本当にそれでいいのかよ？

　もんもんとしながら歩いていたら、いつの間にか足が自然と公園に向いていた。

　──ドンッ

　公園の入口に差しかかったところで、前方から走ってきた人にぶつかった。

　その人物を見た瞬間、瞬きをするのも忘れて大きく目を見開く。

　高鳴る鼓動。

なんで、しずがここに……？

うつむき気味にペコッと頭を下げて、すぐに去っていこうとするしず。

だけど、なんとなく様子がおかしい。

なにかあったのか……？

「しず……？」

気になって仕方なくなった俺は、無意識にしずの名前を呼んでいた。

顔を上げたしずと目が合うと、その瞳は戸惑うように揺れて動揺していることがうかがえた。

なんでそんなに泣きそうな顔をしてるんだよ……？

しばらく見つめあったあと、しずはなにかを口にして俺の前から走りさった。

いつも頭の片隅にあったしずの存在。

どれだけ遠ざけて考えないようにしていても、常に意識の中に存在していた。

もう忘れよう。

あれだけひどいことを言って遠ざけたんだ。

今さら後悔してるとか言えるわけないだろ。

何度も何度もそうくり返して、しずのことを忘れようとしてきた。

目をそむけて、逃げてきた。

だけど……。

走りさるしずの背中を追いかけたくなった。

追いかけてなにがあったのか聞いてやりたい。

第4章 ≫ 261

でも、自分からつきはなしておいて、今さら追いかける
なんて、そんな都合のいいことが許されるはずがない。

たくさんのしがらみに囚われていた俺の心は、結局しず
の背中を追いかけることをあきらめた。

音のない世界。

走りさるしずの足音も、最後になにを口走っていたのか
も、どんな声だったのかもわからない。

まるでこの世界から自分だけが切り離されたような感覚
に陥って、深い闇に捉えられそうになる。

──ポン

ボーゼンと立ちつくしていた俺の肩に、力強くゴツッと
した手がのせられた。

ハッとして、いっきに現実に引き戻される。

振り返ると、ぎこちなく微笑んだ大雅が片手をあげて俺
にあいさつしてきた。

「久しぶりだな」

きっと大雅はそんな風に言ったんだと思う。

唇の動きから、そう読みとることができた。

大雅も俺のことを気遣って、唇の動きを大きくわかりや
すくしてくれている。

本当にいいやつだ。

だからこそ、嫌われることを恐れて距離を置いてきた。

「久しぶり。さっき、しずが走っていったけど……」

「ああ、ちょっとケンカしてな。アイツ、気ぃ強いから」

ケンカ……。

大雅としずはケンカするような仲なのかよ。

　離れていたこの１年で、ふたりの関係がどう変わったのか俺は知らない。

　この１年で変わったのは自分だけではなく、しずや大雅もなのだとあらためて思い知らされた。

　俺の知らないしずがいる。

　俺の知らない大雅がいる。

　俺の知らないふたりの歴史がある。

　それが俺の望んだ結果であり、ふたりから逃げた代償でもある。

　ふたりがどんな関係に進展していようと、口出しする権利はない。

　だから……俺が傷つくのはまちがってる。

　さみしい、嫌だ、腹立たしい……なんて、そんなことは絶対に口にしてはいけない。

　しずも大雅もいいやつだから、ふたりが幸せならそれでいいじゃないか。

　大雅はガキっぽいところもあるけど、昔からしず一筋だったから大切にしてくれるだろ。

　しずも大雅の隣にいるほうが笑っていられる。

　それが……俺の望んだ結果。

「お前、しずのことどう思ってんの？」

「どうって……べつに。ただの幼なじみだけど」

　できるだけ冷静に、落ち着いた態度で返したつもりだった。

しかし、大雅は今度はカバンの中からノートを取りだし、そこに文字を綴りだした。

かろうじて片耳が聞こえていた時には、大雅は一度もこんな風にしたことがない。

なにも話していないのに、まるで俺の両耳が聞こえないことを知っているかのようだった。

『そんな建前はいらねーんだよ！ お前のそのうさんくさい笑顔、見ててイライラする。本音を聞かせろよ！』

うさんくさい笑顔って、こいつ……。

なかなか言ってくれる。

本音……。

そんなの、言えるわけないだろうが。

聞こえてるお前には、俺の苦しみや孤独を理解することはできない。

お前にはわからないよ、俺の気持ちなんて。

「なんで今さらそんなことを聞くんだよ？ どうだっていいだろ、そんなこと。現にお前らは、幸せそうにやってるんだろ？ だったら、いちいち俺にからんでくるなよ」

お前らとはもう、住む世界が違うんだよ。

俺は……聞こえない世界にいるんだ。

どうやったって、お前には俺の気持ちはわからない。

だけど……どうして、こんなに悔しいんだ？

どうしてこんなに胸が痛いんだ。

気づくと爪が皮膚に食いこむほど、拳を思いっきり握りしめていた。

『ふざけんなよ！　アイツがどれだけ苦しんでるか、どれだけお前のことを考えてるかわかってねーくせに。聞こえないのがなんだよ？　そんぐらいで人生終わったって顔してんじゃねーよ！　逆風に立ち向かっていくのが、本来のお前の姿なんじゃねーのかよ！』

　そう書きなぐった大雅は、俺の胸に勢いよくノートを押しつけた。

　いつもはあきれるようなことばかりして俺を困らせていたくせに、まさか正論で諭される日が来るなんて。

　なんだよ……マジで。

　なんなんだよ。

　なんで、こんなに目の前がボヤけるんだよ。

　逆風に立ち向かっていくって、ムリだろ。

　どうやって立ち向かえっていうんだよ。

　他人事だと思って、好き放題言いやがって。

　ノートを持つ手が震える。

　ひとことでもなにかを声にすると、目の奥から熱いものが流れおちそうだった。

　だけどそれは俺だけではなく、大雅も同じだった。

　目をまっ赤にさせて、唇をかみしめながら俺をまっすぐに見つめている。

　大雅は俺の手からノートをひったくると、またそこに文字を綴りだした。

『好きなんだろ？　いいかげん素直になれよ。これ以上、アイツを苦しめるな。ちゃんと向きあえ。お前がいつまで

もちんたらしてるなら、本気で落としにかかるからな』

　乱暴で読みにくい字だったけど、本気の想いが文字から伝わってきた。

　曲がったことが大嫌いなお調子者の大雅らしい言い分。

　ちゃんと向きあえ……か。

　しずは俺のせいで苦しんでるのか？

「好きなんだろ？」

　文字ではなく、今度は俺の目をまっすぐに見すえて大雅は言った。

　力強いまっすぐな瞳。

「ああ……。ずっと、好きだった。忘れようとしても、忘れられなかった」

　ようやく今、そのことに気がついた。

　いや、気づいていたけど気づかないフリをして逃げていた。

　ようやく今、自分の素直な気持ちと向きあうことができた。

　しずが好きだ。

「バレバレなんだよ、お前ウソつくの下手だしな。お前もしずも、マジで大バカ」

　フッと笑いながら、目もとを腕でぬぐう大雅の仕草にグッときた。

　俺は、どうして今まで向きあうことをしなかったんだ。

　しずだけではなく、大雅のことも苦しめていたなんて。

「うん……ごめん。俺……俺」

「いいよ、もう。なにも言うな。中学ん時の担任に全部聞いたから」

「ごめん………俺、マジで」

「だーかーらー、もういいっつってんだろ。それより、しずのことはちゃんとしろよ？　ここで立ち上がらなきゃ、お前は男じゃない。認めてやんねーからな！」

　全部は読みとれなかったけど、たぶんきっとそんな風に言ったんだと思った。

　大雅の言いそうなことだ。

　ここで立ち上がらなきゃ、男じゃない……か。

　言ってくれるな、マジで。

　本当にこいつだけは、昔からおせっかいなやつだよ。

　マジで……。

　涙がにじんで、とっさにそれを手でぬぐった。

　その様子を見ていた大雅の目にも、再びジワッと涙がにじみ、情けない姿で俺たちは久しぶりに顔を見あわせて笑いあった。

『余計なお世話かもしんねーけど、ちゃんと彼女と別れてからしずと向きあえよ！　ふた股かけやがったら、ボコボコにしてやるからな』

「はぁ？　彼女なんているわけないだろ」

『でも、冬にお前んちで見た』

「誤解だろ。それより、俺はしずを探しにいってくるから。またな」

『マジかー、誤解かよ。ああ、さっさと行ってこい、バーカ。

また一緒にバスケしような！』

　最後は笑顔で別れた。

　ブランクはあるかもしれないけど、きっと前みたいな関係に戻れる。

　なにより、変わらないアイツの態度がそうだと教えてくれた。

　周囲が変化して行く状況の中で、変わらないものはたくさんあった。

　変わっていくと勝手に決めつけて目をそむけ続けてきたけど、そんな自分は今日で終わりにしよう。

　変わらないものを大切に──。

　しずへの想いを大切にしたい。

追い求めていた日々

「キャー！　で？　で？　付き合うことになったの？」
　次の週の月曜日の朝。
　さっそく、ちーにれおとのことを報告した。
「うーん、付き合ってるのかな……？　言われてないから、よくわからない」
「え!?　言われてないの？」
「うん」
　でも、好きとは言ってくれた。
　キスもした。
　れおの気持ちはウソや冗談なんかじゃないはず。
　だから、もう十分。
「付き合ってないってこと？　しーはそれでいいの？」
「うーん、いいっていうか。正直、両想いだったことさえまだ夢のようで……付き合うってところまで考えられないっていうか」
「ダメだよー。そういうことは、早いうちからはっきりさせておかなくちゃ。あとから彼女ヅラすんなって言われる場合も、なきにしもあらずなんだから」
「れおはそんなこと言わないよ。優しいもん」
　また話せるようになったことのほうがうれしいから、このままでもいいなと思う。
　れおといられるなら、それだけで幸せだからなんだって

いい。

「私、ちょっと大雅と話してくるね」

　教室に朝練を終えた大雅が入ってくるのが見えて立ち上がった。

「はいよー、いってらー！」

「うん」

　ちゃんと話さなきゃ。

　かなり迷ったけど、背中を押してくれたのは大雅だから、きちんとケジメをつけなきゃ。

　そのためにも、れおとのことを話そうと決めた。

　大雅はすべてを予想していたみたいに、私と目が合うとスッと立ち上がって廊下に出た。

　そして、ズンズン歩いていく。

　屋上の扉の前の踊り場まで来たところで、やっとこっちを振り返った。

「うまくいったんだろ？」

「あ、うん……それで、この前はその……ごめんね？」

「謝んなって。余計なことした自覚はあったしな。それにしても、いちいち俺に報告しなくていいっつーの。お前も怜音もマジで律儀っつーか、似た者同士だよな」

　ぶつくさ言いながら下唇をつきだして、子どもみたいな表情を見せる大雅。

　傷ついたような顔をしながらも、最後はあきれたように笑ってくれた。

　どうしようもないほどのバカな私を、好きになってくれ

てありがとう。

　ビックリしたけど、大雅の気持ちはとてもうれしかった。

「それで、その……大雅さえよければ、これからも、友達として仲よくしてほしいんだけど……」

　モジモジしながら上目遣いで大雅の顔を見つめる。

　勝手かもしれないけど、このまま友達でいられなくなるのは嫌だ。

　ワガママかもしれないけど、大雅とは友達でいたい。

「当たり前だろ。怜音としずは、俺の一番の親友なんだからな！」

「大雅……っ」

「おっと、泣くなよ？　お前に泣かれたら、どうしようもなくなる」

「泣かないよーだ！　強くなるって決めたから」

　もう泣かない。

　これからは、ツラいことがあっても笑えるようになる。

　大雅、ありがとう。

　それからは待ち望んでいた日々が始まった。

　放課後に待ち合わせてデートをしたり、ちーにもれおを紹介したり。

　「顔で選ばないって言ってたのは、どこの誰だよ！」と鋭いツッコミを入れられたけど、ちーはすごく喜んでくれた。

　そして、いろいろなことがつながった。

第4章 >> 271

　れおと同じ高校に通う京太くんは、れおの一番の友達
だったこと。
　京太くんに時々手話を習っていること、京太くんの彼女
はなんと！　れおに手話を教えていたあーちゃんこと小松
さんだったこと。
　れおとあーちゃんがふたりでレッスンをすることはほと
んどなく、京太くんも交えて３人ですることがほとんど
だったようだ。
　あの冬の日は京太くんの都合がつかなくて、たまたまふ
たりですることになったみたい。
　れおと過ごすようになって、あーちゃんや京太くんとよ
く遊んだりするようになった。
　ゴールデンウィークには一緒に同窓会に参加して、夏休
みにはプールや花火大会でたくさんはしゃいだ。
　テスト前には、れおの部屋で一緒に勉強したり、ゴロゴ
ロしているうちに寝てしまって、れおをあきれさせたこと
もしばしば。
　中学の時と明らかに変わったことは、私もれおと同じよ
うに手話を習うようになったことと……。
「しず、こっち来て」
「なに？　どうしたの？」
「抱きしめたくなった」
「……なっ！」
　私を照れさせるようなことを平気で言い、恥ずかしさに
耐える私の腕をひっぱって、自分のほうに引きよせる。

れおの胸と腕にスッポリ覆われ、身動きが取れなくなった。

そう。

変わったことのもうひとつは、こんな風に甘いスキンシップが増えたこと。

れおは私を平気でドキドキさせて、甘い言葉で惑わせる。

「キスしていい？」

「…………」

赤くなった私の顔をのぞきこみながら、そんなことを聞いてくれおはイジワルだ。

聞かなくても、この赤い顔を見たらわかるでしょ？

「しーず、聞いてるんだけど」

それなのに、れおは私に言わせたいみたい。

ニヤッと笑いながら、イタズラな笑みを浮かべている。

どうして笑えるの……？

私は恥ずかしすぎて顔から火が出そうなのに。

「……イジワル」

頬を膨らませながら、上目遣いでれおの顔を見上げる。

整ったキレイな顔立ちは、以前にも増して男っぽさや色気が増した気がする。

私だけがこんなにドキドキしてるなんて、なんだか悔しい。

ささやかな抵抗のつもりで、背伸びをしてれおの唇に自分の唇を押しあてた。

やわらかい唇の感触。

れおとキスするのは、もう何度目だろう。

あまりにも優しいそのキスに、涙があふれそうになる。

好きだよ……。

大好き。

ずっと一緒にいようね、れお。

秋が過ぎて冬がやって来た。

12月に入ると一段と寒さが増して、外へ出るのが億劫になる。

金曜日の放課後。

駅の改札の前でれおの帰りを待っていた。

『もう着くよ』

たった今届いたメッセージに胸を弾ませる。

早く逢いたいなぁ。

何気にれおの制服姿はすごく好き。

壁に寄りかかりながられおを待っていると、突然誰かに肩を叩かれた。

「よっ！」

「と、友田くん……!?」

「誰か待ってんの？　月城さんって、駅方向じゃないよな？」

「あ、うん……えーっと」

いきなり声をかけられて視線をキョロキョロさせてしまう。

友田くんはずいぶん前に私に告白してくれた、大雅とよ

くウワサされてる学校の2大イケメンくん。

　告白以来ほとんど接点がなかったのに、まるで友達であるかのように声をかけられてビックリした。

　友田くんは爽やかな外見をしていて、大雅とはまた違った感じのミステリアスでシュールなイケメン。

　社交的で友達も多いらしい。

　文武両道で学年トップの成績を誇る友田くんは、先生からも多大なる期待を寄せられているらしい。

「もしかして、彼氏を待ってる……とか？」

「えっ……!?　えーっと……彼氏というか……なんというか」

　彼氏……になるのかな？

　でも、一度も付き合おうとは言われてない。

　私たちの関係って、言葉で表すとなんなんだろう。

　彼氏彼女？

　幼なじみ？

　うーん……。

「なんかフリーズしてる？」

「えっ？　あ、えっと……その、ち、近いよ」

　目の前に顔を寄せてきた友田くんに向かって、手でバリアをする。

　透き通るようなキレイな肌と、クリッとした大きな瞳。

　よく見ると女の子みたいにかわいい顔をしている。

　思わずその顔に見いっていると、私と友田くんの間に立ちはだかるようにして人が割りこんできた。

第4章 ≫ 275

　見慣れた制服姿の愛しい人。

　スカッシュ系の匂いがフワッと香って、胸がキュンとしめつけられる。

　れおは黒のマフラーにアゴ先を埋めて、長い前髪の隙間からのぞく鋭い瞳を友田くんに向けていた。

「俺の彼女に、なんか用？」

「えっ？　彼女……？　やっぱり月城さん、彼氏を待ってたんだ……？」

　友田くんは頬を引きつらせながら私を見た。

　れおは隣で威嚇（いかく）するように友田くんをにらみつけている。

　正直、温厚なれおがこんな風に誰かに敵意を向けるのは意外だった。

「えーっと、うん。そう、かな？　ごめんね！」

「いや、うん……。彼氏がいるなら、仕方ないよな。じゃあ、また」

「うん……！　バイバイ」

　背を向けてよろよろと去っていく友田くんのうしろ姿に、小さく手を振る。

　すると、すかさずれおにその手をつかまれてしまった。

「なにのんきに手なんか振ってんだよ。誰だよ、アイツ」

「えーっと……友田くんです」

「名前なんか聞いてないし。しずのなに？」

「うーんと、とも、だち……？」

　疑問系で返すと、あきれたようにため息をつかれた。

あれ？

　なんだかご機嫌ナナメ？

　いったい、どうしたんだろう。

　でも、でも……！

　ちょっと聞き逃しがちになったけど、さっき『俺の彼女』って言ったよね？

　私のことを彼女だって認めてくれてるってこと？

　彼女でいていいの？

　だって、そういうことだよね？

　ヤバい……なんだかすごくうれしい。

「なにニヤけてんだよ？　俺は一応、怒ってるんですけど……はぁ」

「えー？　だ、だって……れおが、彼女って」

「…………」

「うれしいからニヤけてるんだよー！」

「しずって、マジでそういうとこあるよな。俺が怒ってることに気づかないで、意味わかんないこと言ってニヤけてんの。ひとりで怒ってる自分が、バカバカしくなる」

　じと目で見られて、うっと言葉につまる。

　まだご機嫌は戻らないらしい。

　それにしても、今までれおが怒っていたことなんてあったっけ？

　考えてみても、思いあたる節がないんですけど。

「まぁまぁ、バカバカしくなるんだったらもう怒らないで？ね？」

第4章 ≫ 277

なだめるようにれおの肩をポンと叩いた。

それでも、いっこうにれおのご機嫌はもとに戻りそうにない。

「だいたい、しずはいっつも無防備なんだよ。さっきだってあんなに顔寄せられて、アイツと見つめあってるし」

「そ、それは……」

向こうがいきなりしてきたからで、見つめあってたつもりはないんだけど。

「昔からしずはフワフワして頼りないっていうか……俺が目を離した隙にどっか行きそう。それを俺は、必死になって追いかけるんだ」

「行かないよ。ずっと、れおのそばにいるもん」

それにしても、フワフワして頼りないってのは言いすぎじゃない？

れおって、怒ったら結構ズバズバ言うんだ？

「ずっとれおのそばにいる。離れないって約束するから、怒らないで？　ね？」

思わず両手でれおのブレザーの裾をギュッとつかんだ。

大きくビクッと揺れるれおの体。

そしてなぜか、さっきまでとは比べものにならないほどの盛大なため息をつかれてしまった。

「またそうやって惑わせるだろ……？　俺ばっかりがしずにドキドキして、苦しくて。好きで……好きすぎて、どうしようもなくなるんだ」

「……っ」

「ダメだって思うのに、さっきの男にもつまらない嫉妬して……しずをひとり占めしたいと思ってんだよ」

　嫉妬……？

　嫉妬してたの？

　いつも冷静だったれおが？

　ヤバい。

　うれしい。

　れおの赤くなった顔を見て、再び頬がゆるんでしまいそうになる。

　こんなれおの姿はレアすぎる。

　でもね、私のほうが絶対にれおを好きだという自信はある。

『私……れおの彼女になりたい。ずっと、れおのそばにいたい。私のほうがれおのことを好きに決まってるじゃん、バカ』

　きっとわからないだろうと思って、スマホのメモにそう打ちこんでれおに見せた。

「いや、なに言ってんだよ？　彼女になりたい……って？」

「えっ？　だって……ダメ？」

　さっきそう言ったじゃん。

　俺の彼女って……。

　あれは友田くんの前だから言っただけ？

　とたんに不安でいっぱいになる。

　れおは私を彼女にしたくないの……？

　私はれおがいい。

れおに彼氏になってほしいと思ってるよ。

「もう、とっくに彼女だろ？　なんだよ、彼女になりたいって。いくらなんでも、彼女じゃないやつにキスしたり抱きしめたりはしないだろ」

「えっ……？　だって、言ってもらってない」

　もう、とっくに彼女……？

　れおはずっと、私と付き合ってると思ってたの……？

「まさか……しずは俺と付き合ってるつもりじゃなかったってこと？」

「う、うん……」

　目を見開くれおにゆっくりうなずく。

「は、なんだよ、それ。しずは彼氏じゃない男とキスしたり、抱きしめあったりしてたんだ？」

「そ、それは……両想いだから、いいかなって」

「いいかなって……そんな軽いノリで、俺んちに来てたんだ？」

「べつに軽いノリだったつもりは……」

　再びじと目で見られてしまった。

　あれ？

　なんだか、また責められてる？

「まぁでも、それは俺がちゃんと言わなかったのが悪いよな。ごめん」

「ううん。私もちゃんと確かめなかったから」

「じゃあ、ちゃんと言うから」

　そう言うと、れおはスーッと大きく息を吸いこんだ。

そして私の手を握りながら、まっすぐ見下ろしてくる。

　熱のこもった視線にドキッと胸が高鳴った。

「俺の彼女になってください」

　緊張しているのか、れおの声と手が震えている。

　いつもは自信たっぷりに私にイジワルをしてくるのに、変なところはマジメなんだから。

　でもね、そんなキミが愛しくてたまらない。

　私の愛した大好きな人。

「もちろんだよ！」

　返事の代わりに、れおの背中に手を回してギュッと抱きついた。

　晴れてれおの彼女になった高校２年生の冬。

　私はれおとの明るい未来を信じて疑わなかった。

第5章

～ずっと、キミが～

１年記念

　高校３年、春。
　私とちーはまた同じクラスになり、抱きあって喜んだ。
　残念ながら大雅とは離れてしまったけど、顔を合わせれば前みたいに話す仲。
　相変わらず憎まれ口ばかり叩かれるけど、以前のような関係に戻れてホッとした。
　れおとの付き合いも、相変わらず順調。
「で、もう体の関係まで発展しちゃった？」
「ちょ！　なに言ってんの、こんなまっ昼間から！」
　お昼休み、向かいあってお弁当を食べていた私とちー。
　ハンバーグを口に入れようとした時、突然ちーが変なことを言いだした。
「え？　だって、毎日のように家で会ってるんだよね？」
「逢ってるけど……！　ちーが期待するような進展はないよ」
「えー、そうなんだ？　つまんない」
「つまんないって……。いいの、それでも幸せだから」
「そっかそっか。しーはお子ちゃまだもんね」
　ムッ。
　バカにされた。
　れおの部屋ではお菓子を食べながらDVDを観たり、一緒に手話の勉強をしたり、ゴロゴロしたりするだけで、ちー

が望むような進展はまだない。

でもまぁゴロゴロしてるのは私だけで、そんな時、れお
は手話の本を読んだり、学校の勉強をしたり、マンガを読
んだりしてるけどさ。

でも、一緒にいられるだけで幸せだからそれでいい。

れおだってそう思ってるはず。

だって、いまだにキスしかしてこないし。

れおは紳士だから、そんなことを考えてすらいないと思う。

っていうか、れおとそういうことをするって考えただけ
で恥ずかしくてどうにかなってしまいそう。

その日の帰り、私はいつものようにれおの部屋に来てい
た。

ベッドの上にうつぶせになりながら両ひじで頬づえをつ
き、そばにノートを置いて、それに書きこむことで今日の
出来事をれおに報告していた。

れおはチラッとノートに目をやるだけで反応はない。

無関心なことに興味を示さないのは知ってるけど、無反
応はひどくないですか？

私よりマンガのほうがいいんだ？

続きが気になるのはわかるけど、ちょっとは会話に入っ
てくれなきゃ私だってつまらない。

『っていうか、マンガやめてこっち見てよ。れおが相手し
てくれなきゃ、つまらないよ』

ベッドにもたれて座っていたれおの肩をツンツンして、
ノートを差しだす。

すると、文字を読んだらしいれおの横顔がフッとゆるんだ。

「俺が相手しないとすぐスネるよな、しずは」

「そ、そんなこと……」

　ある、かも。

　だって、せっかく一緒にいるのにさ。

「れお」

「ん？」

「私、結構手話覚えたよ。学校でちーにも教えてもらってるの」

　まだ完全じゃないしわからないことのほうが多いけど、もっと手話を覚えたい。

　れおにつながる大事な手段だもん。

　それにね……。

「ごめんな……。俺のせいで、しずに迷惑かけて」

「れお……」

　どうしてそんな風に言うの？

　迷惑だなんて思ってない。

　思うはずないじゃん。

　私がしたくてしてるんだよ？

　それなのに、そんな風に思われるのは嫌だ。

　私はシャーペンを握って再びノートに向かった。

『私ね……最近手話を覚えるのが楽しいの。だって！　れおだけじゃなくて、京太くんやあーちゃんとも会話ができるんだよ？　それって、素敵なことだと思わない？』

第5章 >> 285

　だから、そんな風に思わないで。

「しずはいつも前向きだな。どうしたらそんな風になれんの？」

「前向きって……私が？」

　コクンとうなずくれお。

『前向きなんかじゃないよ。れおがいないとなにもできない弱虫だもん』

「そんなことないだろ。しずは俺なんかよりずっと強いよ」

　ううん。

　そんなことない。

　れおがいなきゃダメなんだ。

　だからね、れお。

　ずっと笑っててよ。

　れおが笑っていてくれることが、私にとっての幸せだから。

「付き合ってもうすぐ1年だね。どっか行きたいところある？」

　覚えたての手話を交えて聞いてみた。

　せっかく覚えても時間がたつとすぐに忘れちゃうから、れおといる時はなるべく使うようにしているんだ。

　れおもまた、口で返事をしながら手話を使ってくれる。

　れおの優しさと気遣い。

　外ではあまりしてくれないから、私もしないようにしてるけど。

「しずと一緒にいられるなら、どこでもいい」

れおはやっぱり、私をドキドキさせるのがうまい。

熱がこもった真剣な瞳で見つめられたら、たちまち赤くなってしまう。

「どこでもいいっていうのが、一番困るんだけどな」

ドキドキして、そわそわして。

つい、声が小さくなる。

そんな私を見て、れおは小さく笑った。

私の大好きな笑顔。

「じゃあ、しずの行きたいところに行きたい」

「私の行きたいところ？」

「前、海に行きたいって言ってなかったっけ？」

「言ったけど……遠いよ？」

おそるおそる尋ねる私に、れおがクスッと笑う。

「それでも、行きたいんだろ？」

「うん」

「じゃあ、決定」

「わぁ、やったー！」

うれしい。

耳が聞こえなくても、私とれおの関係は昔からなにひとつ変わっていない。

れおの言いそうなことはわかるし、私の言いそうなこともわかってくれる。

——ザザーッ

太陽の光が反射してキラキラ輝く水面がとてもキレイ。

第5章 ▶▶ 287

　潮風に吹かれて揺れる髪の毛を手で押さえながら、砂浜に足を踏みいれた。
　4月の海は少し肌寒いけど、れおと手をつないでいれば大丈夫。
　心も体もあったかい。
「海だー！　きれー！」
　青い空と白い砂浜。
　太陽の光に反射してキラキラ輝く海が、とてもまぶしい。
「そんなに海に来たかったのかよ。ガキだな」
　はしゃぐ私に苦笑するれお。
「いいじゃん、れおも一緒にはしゃごう！　ほら、早く」
「うわ、おい……！」
「いいから、いいから！」
　砂浜に足をとられよろめくれお。
「うわ、靴の中に砂が入った」
「いいじゃん、裸足になろうよ」
「ガキ」
　なんて言いながらも、れおは私と同じように靴を脱ぎはじめた。
　仕方ないなっていう横顔。
　でも、合わせてくれるれおが好き。
　子どもみたいに走り回って、たくさんの笑顔がそこに弾けた。
　打ちよせては引いていく波にちょんと指先をつけてみる。

「冷たっ」

　まるで氷水のよう。

　まだまだ夏は先みたい。

　砂浜の上に並んで腰を下ろした。

　ふたりして青く輝く海をぼんやり眺める。

　心地いい風が吹いて、潮のいい香りが鼻をつく。

　こうしてるだけで幸せだな。

「幼稚園の時も一緒に海に行ったよね。懐かしいなぁ」

　つぶやいてみたけど、れおからの反応はなかった。

　わかるように呼びかけなかったから私の声に気づくこと
なく、ぼんやり海を眺めてる。

　シュッとした爽やかな横顔に見惚れそうになる。

　カッコいい……なんて。

「なんだよ、人の顔をじっと見つめて」

「えっ……？」

　バ、バレてたんだ、見てたこと。

　恥ずかしい。

「なんでもない」

「ウソつけ」

「ホ、ホントだよ」

「ふーん」

「…………」

　ふーんって。

　めっちゃトゲがあったよね、今。

　だって、言えるわけないよ。

第5章 ≫ 289

　カッコよくて、見惚れてたなんて。
　なにかほかに話題話題！
「あ、そうだ。れおにプレゼントがあるの」
「プレゼント？」
「1年記念のプレゼント」
　驚いて目を丸めるれおに、カバンの中からプレゼントの
包みを取りだして渡した。
　そんなに高価な物じゃないけど、私の想いがたくさんつ
まってる。
　喜んでくれるといいな。
「これって……しずの手作り？」
「うん。かわいいでしょ？　切り抜くのに苦労したんだ」
「すっげー……うれしい」
　そう言いながらまじまじと手もとをのぞきこむれお。
　小さなアルバムにいろんな形に切り抜いた写真を貼っ
て、『ずっと一緒』『大好き』『1年記念』なんて文字も入
れてみた。
　シールや折り紙をハートや星の形に切り抜いて、かわい
くデコレーションして作った、お揃いのアルバム。
　ちなみに自分の分はすでに部屋に飾ってある。
「すごいな、これ。どうやって切り抜いたんだよ？」
「あは、それはシールだよ」
「なんだ、シールか」
「うん」
「つーか、こんな写真いつ撮ったんだよ」

「あ、それね。ちーが隠し撮りしたやつだよ」

　まん中にデカデカと貼ってある大きな写真。

　私とれおが向かい合って笑っている横顔を、いつの間にかちーが隠し撮りしてたみたい。

　写真かられおの優しい雰囲気が伝わってくるお気に入りの1枚だ。

「俺って、しずの前だとこんな風に笑ってんだな」

　みるみる赤くなっていくれおの顔。

　照れてる横顔がすごくかわいい。

　優しい瞳でアルバムを見つめるれおの横顔に、なんとも言えない気持ちがこみ上げた。

　よかった、喜んでくれて。

　頑張って作った甲斐があったよ。

「しずも、すっげー幸せそうに笑ってる」

「だって、幸せだもん。ちーも、お似合いのカップルだねって言ってくれたよ」

「はは、そっか」

　照れたように頬をかいて、視線を左右にさまよわせるれお。

　恥ずかしがっている時のれおのクセ。

　その姿を見ると、胸がキュンとうずく。

　砂浜の上に置いた手に、ふとれおの手が触れた。

　そのまま指をからめ取られギュッとつながる。

　ドキンと鼓動が高鳴った。

　もう何度もつないでるのに、この瞬間はいつもドキドキ

しちゃう。

　全然慣れないよ。

「れおの手……あったかいね」

「しずは冷たいな。寒い？」

「ううん、大丈夫」

　れおが手を握ってくれたから、そこから熱が注ぎこまれたように全身が熱くなる。

　幸せだな、ずっと一緒にいたいよ。

　どんどん好きになっていく。

　れおも同じ気持ちでいてくれてるといいな。

「あっためてやろうか？」

「え？　どうやって……」

　振り向いた瞬間、れおの顔が目の前まで迫っていた。

　かすかに唇に触れる感触。

「んっ」

　不意打ちでれおにキスされた。

　触れるだけの軽いキス。

　もう何度もしてるのに、はじめての時と同じようにドキドキしちゃう。

「はは、まっ赤だな」

「だ、だって……いきなりするから」

　至近距離でクスッと笑われ、まともにれおの顔が見られなくなった。

　もう１年になるけど、付き合いたての頃よりドキドキが大きくなってるような気がする。

どうしよう、これ以上好きになったら。

　私の心臓、どうにかなっちゃうんじゃないかな。

「しず」

「ん？」

「夕方までこの辺をブラブラしたあと、俺んち来る？　父さんと母さんは泊まりで出かけるから……遅くなっても平気だし」

　なぜかかしこまって緊張気味に頬をかくれお。

「うん、行きたい！」

　そんなれおに満面の笑みで答えた。

「あの、さ。意味わかってる？」

「え？　意味？　なんの？」

　ん？

　なんか、心なしかれおの顔が赤いような……。

「まぁ……わかってないか。しずだもんな」

「なんかバカにされた気分。もったいぶらずに教えてよ」

「いや、やっぱいい」

「え？　なにそれ。気になるじゃん」

　いくら問いただしても、れおは頑なに教えてくれなかった。

　なんだかよくわからなかったけど、まあいっか。

　しばらくまた砂浜でぼんやりしていると、カバンの中に入れていたスマホが震えていることに気づいた。

「やっちゃんから電話だ。出てもいい？」

　電話の手話を使ってれおに断りを入れる。

第5章 ≫ 293

　すると、小さくうなずいてくれた。
「もしもし、しずく？」
「やっちゃん、どうしたの？　なんかあった？」
「今ちーと一緒なんだけど、桐生くんとのデートはどうか
なーって話してたんだ。どう？　進展あった？」
　ちーとやっちゃんは私を介して仲良くなった。
　休みの日はたまに３人で遊んだりもするけど、今日は私
抜きで楽しんでいる様子。
「ヒマ人か。進展っていうか、砂浜で黄昏れてるよ。いい
天気だから、すっごい気持ちいいんだよね」
「えー、なにその老年夫婦のようなやる気のない感じは！」
「ろ、老年夫婦……？」
　私たち、まだ高校生なんですけど。
「１年記念でしょ？　家に誘われたり、お泊まりに誘われ
たりはしなかったの？」
「家には誘われたけど……それはいつものことだし」
「その時なんか言われなかった？」
「なにかって言われても……あ」
「なに？　なんか言われたの？」
「両親が泊まりで出かけるから、遅くなっても平気だって。
最近は夕方くらいまでしかれおの家にいることがなかった
から、夜遅くまで一緒にいようってことかな」
「キャー！　それって、あれでしょ？　ちゃっかり誘われ
ちゃってるじゃん！」
「え？　なにが？」

やっちゃんの言ってる意味がまったくわからないんですけど。

「なにがって……あんた、意味わかってないの？」

「意味？　なんの？」

「まぁ、しずくはお子ちゃまだから、わかるわけないか」

「ムッ、やっちゃんまで……！」

　こういうくだり、さっきもれおとした気がする。

　なに？

　なんなの？

　私にはわからないって、どうして？

「いーい、よく聞いて。桐生くんはね……しずくとイチャイチャしたいってことだよ」

　やっちゃんが意味を教えてくれた。

「イチャイチャって……まさか！　れおはそんなこと考えてないよ」

「なに言ってるの！　紳士っぽく見えたって桐生くんは男なんだよ？　下心があるに決まってるでしょ」

「まさかぁ……そんなはずは」

　でもでも、さっきのれおは妙によそよそしかったような。

　『意味わかってる？』って、そういうことだったの？

　で、でも、あのれおだよ？

　とてもじゃないけど信じられない。

「ごめん、やっちゃん。いったん切るね」

「はいはーい！　まぁ頑張ってよね！　応援してるから！」

　楽しげなやっちゃんの声を最後に通話は終了。

第5章 ≫ 295

　応援してるって……まったくもう。
　やっちゃんもちーも、絶対楽しんでるよね。
　人の恋愛をなんだと思ってるんだか。
「れ、れお……！」
　とっさにれおの手をギュッと握った。
「もう電話終わった？」
　優しく微笑むれおの横顔にキュンとする。
　こんなに爽やかなれおが、下心ありで私を家に誘うとか。
　ナイよね？
「うん、終わった。やっちゃんがね、れおは下心ありで家に誘ったんじゃないかって。違うよね？」
「？」
　かわいく首を傾げるれお。
　あ、わかんないか。
　言葉長いもんね。
　手話……！
　あれ、でも、下心ってどうやるんだっけ。
　わからないからスマホのメモに打ちこんだ。
「…………」
　れおはスマホの文字を見た瞬間、顔をこわばらせて固まった。
　あ、あれ？
「れお？」
　腕を引いてみると、れおはチラッと私に目を向けた。
　戸惑っているような、照れているような表情。

どうしちゃったんだろう。
「俺に下心があったとしたら、しずはどう思う……？」
「え？」
　いや、あの。
　そんなことを聞かれても、答えにくいっていうか。
　恥ずかしいよ。
「やっぱ幻滅する？」
「いや……幻滅はしないけど。恥ずかしいっていうか、想
像できないっていうか」
「だよな。でもまぁ……」
　不意にれおが顔を寄せてきた。
　フワッと香ったシャンプーの匂いにドキッとする。
「しずがいいと思うまでは、ちゃんと待つから」
「…………」
　そ、それって……。
　カーッと顔が熱くなる。
　ちゃんと待つって……そういう意味、だよね……？
　うわー、どうしよう。
　恥ずかしすぎてれおの顔を直視できない。
　いつかれおとそういうことをするんだろうなとは思って
いたけど、まさかこのタイミングだったとは。
　えー！
　でも、早くない？
　付き合って１年だよ？
　いや、早くないか……。

第5章 >> 297

　普通なの？

　みんなどのタイミングでするものなんだろう。

「ぷっ、なんかフリーズしてる？」

　耳もとでクスリと笑われた。

　こうして見ている限りでは、れおに下心があるようには見えないのに。

　そっか。

　れおも男なんだよね……。

　そういうことを考えるお年頃なんだ。

　私は……どうだろう。

　そりゃちょっとは興味あるし、れおのことは大好きだけど。

　でも……。

「俺は1年でも10年でも待つつもりだから、あんまり思いつめんなよ」

　れおはクスクス笑いながら冗談っぽくそう口にする。

　頭を優しくなでてくれて、そこかられおの優しさが伝わってきた。

「っていうか、こうしてしずといられるだけで幸せだから」

「うん……私も」

　こうして一緒にいられるだけで涙が出そうなほど幸せだよ。

　優しく手を握ってくれたり、キスしてくれるだけで十分。

泣かせたくないやつ

「それさー、れおくんは相当ガマンしてると思うよ」
「で、でも、10年でも待つって言ってくれたよ」
「それは究極の愛だねー。しーのことを大事に想ってるんだろうけど、さすがに10年も待たせるのはどうかと思うよ。普通の男なら浮気するよ」
「う、浮気……？　そんなのやだ！」
　放課後のファミレスでちーとパフェを食べながら恋愛トーク。
　最近はもっぱら私とれおのことばかり。
「れおくんはしーのことが相当好きだから、浮気はないでしょ。あーあ、あたしもしーみたいに大事にされたーい！」
「大事にされてないの？」
「いや、そういうわけじゃないけど。初々しい時期を通りこしちゃったから、最近マンネリ気味なんだよねー」
「ちーのところは安定してるって感じがするけど」
「その分、刺激がないんだもん。もっと刺激がほしーい！」
「この前旅行に行ったって言ってなかった？　十分刺激的じゃん」
　彼氏さんに会ったことはないけど、写メを見せてもらったことはある。
　ちーの彼氏は、スーツがよく似合う大人の男性。
「旅行も今しか行けないからねー。夏辺りから受験に向け

て予備校にも通わなきゃだし」

「そうだね。今年の夏は遊んでばかりいられないよね」

　やだな、受験生活。

　将来の夢もあやふやなままだし、なにひとつとして明確なものがない。

「ちーは将来の夢とかあるの？」

「もちろん！」

「へえ、すごいね。私はやりたいことがないなぁ……」

　みんな、ちゃんとした夢を持ってるんだ。

　私はなにがしたいんだろう。

　とりあえず大学に行って、とりあえずどこかに就職できればいいかなって感じ。

　やりたいことがパッと思いうかばないし、なにが合ってるのかさえわからない。

　正直、大人になんてなりたくない。

　ずっとこのままがいいよ。

「しーは子どもを相手にする仕事が似合いそう」

「子ども？」

「うん、保育士とか幼稚園の先生とか。雰囲気がやわらかいから、子どもにも好かれそうだしさ」

「そんなことはじめて言われた。子どもを相手にする仕事かぁ」

「うん。あ、小学校の先生とか！　しーみたいな先生絶対いそう！」

　小学校の先生……？

そんなの、考えたこともなかった。

のせられたらすぐにその気になってしまう私は、帰って
から教員免許が取得できる大学について調べてみた。

教員免許っていっても、いろいろあるんだなぁ。

なんて思いながらパソコンに目を通していると、あるひ
とつの大学が目にとまった。

へぇ……こんな大学もあるんだ。

知らなかった。

でも……遠い。

ここはないな、うん。

せめて家から通える距離じゃなきゃ。

まだまだ時間はたっぷりあるから、今すぐ決めなくても
いいよね。

これからゆっくり考えればいい。

春が過ぎて梅雨が明け、焼けるように暑い夏がやって来
た。

れおといると時間の流れをすごく早く感じる。
「またボーッとしてる」
「え……？」

れおに顔をのぞきこまれてハッとした。
「なんか悩みでもあんの？」
「ううん、なんでもないよ」

そう言ったけど、れおは全然納得していないようだった。

真剣な目で私の心を見透かそうとしてくる。

「しずがそう言う時は、たいていなにか悩んでるんだよ。隠してもムダ」

「あは、バレた？　やっぱりれおにはかなわないな」

　一発で見やぶられてしまい、苦笑するしかなかった。

　やっぱりれおには隠せない。

「進路について悩んでるの」

「進路？」

「うん」

「大学に行くんだろ？」

「うん……」

「どこに行くか決めてんの？」

　私は小さく首を横に振って返事をした。

　行きたい大学ならあるけど、でもそこはここからかなり遠く離れている。

　パソコンで調べて見つけた日から、考えないようにしていたけどダメだった。

　その大学に行きたい。

　そんな思いが日に日に大きくなっていることに気づいたけど、でも……。

　れおと離れ離れになっちゃう。

　そんな思いが私の決心を鈍らせていた。

　10月初旬。

　本格的に大学を決めないといけない時期に突入したけど、私はまだ迷っていた。

一番行きたい大学に照準を合わせて模試を受けたり、資料を取りよせて情報を集めてみたりはしているけど、あと一歩のところで踏みとどまってしまう。

　れおにも本当のことを言えずに、悩む毎日。

　担任の先生にも早く決めろと言われるし、お母さんにまで電話が入って正直かなり困っているところ。

　私が一番行きたいのは、東京にある有名な大学。

　その大学は福祉のことはもちろん、世界中の手話を学べる唯一の大学。

　手話でれおと接していくうちに、福祉やろう者に関することに興味を持つようになった私は、もっともっと手話を勉強したいと思うようになった。

　その大学は日本手話だけではなく、英語の手話も学べる大学で、さらにはろう学校の教員免許も取れるらしい。

　ろう学校の先生になりたい。

　耳が聞こえない子どもに手話を教えたり、勉強を教えたりしたい。

　いつしかそう思うようになっていた。

　でも、その大学に行くとなると、地元からはかなり離れているので家を出なきゃいけない。

　移動手段は飛行機や新幹線。

　どうしよう……。

　ダメだ。

　このままじゃダメ。

　ちゃんとれおに話さなきゃ。

れおならきっと、行きたい大学に行けって背中を押して
くれるはず。

意を決して、放課後れおの家に出むいた。

約束はしていないし、家に行く時はいつもアポなし。

「れおね、まだ帰ってないのよー！　上がって待って
てー！」

サクさんが笑顔で出迎えてくれて、遠慮なくれおの部屋
で待たせてもらうことにした。

キレイに整頓されたれおの部屋。

私の大好きなれおの匂い。

落ち着く。

れおは将来のこととか考えているのかな。

最近は自分のことでいっぱいだったから、れおの話を聞
くこともしていなかった。

大学に行くのかな？

視線をふと下に落とした時、ゴミ箱の中に丸めたパンフ
レットのような物がねじこまれているのを見つけた。

なんだろう？

拾い上げて広げてみた。

どうやら、大学のパンフレットらしい。

——ドクン

カリフォルニア……？

それって、アメリカだよね……？

れおは……アメリカの大学に行くつもりなの？

日本語訳でろう者が通いやすいことが書かれていた。

ろう者に対する設備もしっかり整っていて、全教科手話で授業がなされるらしい。

　日本ではその制度はまだ一般的ではなく、ほとんど取りいれられていないから、行ける大学が限られてくる。

　だけど海外は違う。

　先進国では障害者が暮らしやすいように様々な分野で設備が充実している。

　れおが通える大学も、きっとたくさんあるんだと思う。

　どうやら、カリフォルニアの大学では手話で医学が学べるようだ。

　とはいっても全部英語。

　日本手話に加えて英語の手話も学ばなきゃ授業は理解できないはず。

　相当な努力が必要になってくると思う。

　れおは……そこまでしてお医者さんになりたいの？

　だけど、ゴミ箱に捨ててあったのはどうしてかな。

　行く気がないってこと……？

　念入りに読んだのか折り目がついているページがあったり、蛍光ペンでラインが引かれているところがあった。

　学費はドル表示だから、私にはよくわからない。

　──ガチャ

　集中してパンフレットを見ていると、部屋のドアが突然開いた。

　私がいることにビックリしたのか、れおは大きな目をまん丸くさせている。

「今日約束してたっけ？」

「ううん、急に逢いたくなっちゃったから」

「そっか。いきなりいたから、ビックリした」

「あは、だよね。ごめん」

　手話でれおに伝える。

　もちろん唇の動きでわかるだろうけど、覚えた手話を忘れないようにするためだ。

「あ、それ。見た？」

　テーブルの上に広げていたパンフレットに気づいたれお。

「ごめん……気になってゴミ箱から抜きとっちゃった。カリフォルニアの大学に行くの？」

「いや……行かないつもり。先生は俺にすすめてくれたけど、カリフォルニアは遠すぎるしな」

　なぜか切なげに笑うれおの顔が目に焼きついた。

　本当は行きたいけど、遠すぎるからムリしてあきらめたって言ってるように思えて胸が苦しい。

　れお……私には本当の気持ちを教えてよ。

　行きたいんじゃないの？

　なにがれおの決心を鈍らせてるんだろう。

「俺は地元の大学に進学するつもりだから」

　ねぇ……本当にそれでいいの？

　無理やりパンフレットから目をそらしたれおだったけど、時々チラチラ見ていることに気づいてしまった。

　その度に悲しげに目をふせるれおを見ていたら、本当の

気持ちを押し殺しているように思えて。

　そんなれおの顔は見ていたくなかった。

「れお、星観にいこ！」

「星……？　また裏山に入るのかよ？」

「当然！」

「怒られても知らないけど」

「いいじゃん、行こうよ！　ほら、早く！」

　あきれ顔を見せるれおの腕をひっぱって、立ち上がらせた。

　そしてグイグイひっぱって外に出る。

　辺りはすっかり薄暗くて、夜空に星が輝いている。

「うわー、寒い」

　夜風が冷たくて、思わず身震いしてしまった。

　しまった、なにか羽織ってくるべきだったよね。

　カーディガンにスカート姿じゃさすがに寒い。

　ブレザーをれおの部屋に置きっぱなしにしてきたことを、今になって後悔。

　だけど取りに戻るのも面倒なので、そのまま行くことにする。

「ったく、ほら。寒いんだろ？」

　フワッと肩にのせられた大きなブレザー。

「いいの？　れおは寒くない？」

「いいよ。こんくらい、どうってことない」

「ありがとう」

「それより、風邪引くなよ？」

「うん！」

　れおは以前と同じように、裏山の中で私の手を握ってエスコートしてくれた。

　雑木林の中のぽっかり空いた部分に到達すると、ふたり並んで地面に腰を下ろし星を眺める。

「わぁ、キレイ。今日って、新月の日なんだ」

　お月様が出ていないから、まっ暗で星がよく映えている。

　こういう暗い場所では手話や唇の動きがわかりにくいから、黙ってすごすようにしている。

　なにより幻想的な雰囲気を壊したくないから、シーンとしているほうがいい。

　しばらく星を眺めたあと、突然れおが私のうしろに回って私の肩に顔を埋めた。

　サラサラのれおの髪が頬に当たる。

　うしろから抱きしめられる形になり、れおの息づかいがすぐそばで聞こえた。

「れ、れお……？」

「こうしてくっついてると、寒くないだろ？」

「それは……そうだけど」

　恥ずかしすぎるよ、この格好。

　背中に神経が集中しているみたいにドキドキする。

　やばいよ、これ。

「しず、こっち向いて」

　耳もとでささやかれたツヤのある声に、鼓動が高鳴った。

　ずるいよ、そんな声。

振り向かずにはいられなくなっちゃう。

れお……。

首だけで振り向くと、優しく微笑むれおと目が合った。

「しず、好きだよ」

「私も……」

れおが大好き。

そのままクルッと振り返り、れおと向かいあった。

暗がりの中に浮かぶ魅惑的な顔立ちにドキドキが止まらない。

ゆっくりれおの顔が近づいてきたかと思うと、触れるだけの軽いキスをされた。

「しず、かわいすぎ」

「な、なに言ってんの」

恥ずかしい。

唇を離したあと、照れくさくなって顔を合わせたまま笑った。

照れたようなれおの笑顔が好き。

その笑顔をずっとそばで見ていたいよ。

「大学決めた？」

「私は……」

どうしたいんだろう。

行きたい大学に行けば地元に残るれおとは、かなりの遠距離になる。

れおと離れるのは嫌だけど大学にも行きたい。

どうしよう。

どうすればいい……？

「俺のことは気にせずに、しずが行きたいと思う大学に行け。じゃなきゃ、絶対に後悔する」

「…………」

なんて言えばいいかわからなくて、うつむくことしかできない。

だったら……れおは？

本当に行きたい大学に行こうとしてる？

そう思ったけど聞き返すことなんかできなくて、ただぼんやり夜空を眺めていた。

それから数日後、れおが背中を押してくれたこともあって東京の大学を受験することに決めた。

れおは笑って私の夢を応援してくれたけど、私の中で疑問はふくれ上がるばかり。

最近のれおはどこか上の空でぼんやりしていることが増えた。

聞いてもなにもないって言うけど、私には心あたりがある。

「京太くん……れおはカリフォルニアの大学に行きたいんじゃないかな？　なにか聞いてない？」

日本手話は難しくてまだあまり覚えられていないけど、今日はあーちゃんも一緒だから、ところどころ手伝ってもらって京太くんとコミュニケーションを図る。

京太くんは小さく首を振った。

どうやら、知らないらしい。
「そっか。なんだか最近ぼんやりしてることが増えたんだよね。心ここにあらずって感じでさぁ」
「あー、たしかにね。最近、授業中もよくぼんやりしてるかも」
　ホットミルクティーを飲みながら、あーちゃんがうんうんとうなずく。
　勉強熱心で人一倍努力していたあのれおが、授業中もぼんやりしてるなんて。
「学校ってこの近くだよね？　れお、まだいるのかな？」
「あ、うん。今日は先生と面談だって言ってたよ。なんなら乗りこんでみる？」
　弾けるような笑顔で楽しげに笑うあーちゃん。
　れおのことが気になったこともあって、あーちゃんの誘いに乗った。
　乗りこむっていうのは大げさだけど、とりあえず校門の前までやって来た。
　ひとり違う制服を着てる私は、校門に立っただけでもすごく目立つ。
　制服の色が全然違うもん、当たり前か。
「ここで待ってれば会えると思うから、頑張ってね」
「え？　行っちゃうの？」
　立ちさろうとするあーちゃんと京太くん。
　ひとりはちょっと心細いから、一緒にいてほしかったのに。

「ごめんね、これから塾なの」

　あーちゃんの隣で京太くんも申し訳なさそうに眉を下げていた。

「ううん、ここまで連れてきてくれてありがとう。あとはひとりで頑張ってみるね」

　手を振ってふたりと別れ、校門前でれおを待つこと数分。

　よっぽどめずらしいのか、通りすぎる人に注目の的で、あからさまになにか言われてしまっている。

　目立たないようにソッと角のところまで移動した。

　ここからチラチラのぞけば、れおが来たらわかるはず。

　って、私ってなんだか待ちぶせばっかりしてるよね。

「待って、桐生くん！」

　ぼんやりしていると、叫び声にも似た大きな声が聞こえた。

　ソッと様子をうかがうと、校門の前にはれおがいて。

　そのうしろに同じ制服を着た女の子が立っていた。

　女の子はれおの肩をポンと叩くと、手話でなにやら会話をはじめる。

　目が大きくてかわいい子だな。

　私の知らないれおの世界がここにはあるんだね。

　なんかちょっとジェラシー。

　しかも、相変わらずれおはモテるよね。

「カリフォルニアには行かない」

「なんで!?　資料まで取りよせてたじゃん！　学校にあるパンフレットだって、海外のものばっかり見てるのに」

カリフォルニア……？

ふたりは大学の話をしてるのかな。

「ちょっと興味があったから取りよせただけで、行きたいなんて本気で思ってたわけじゃないから」

きっと、女の子の耳はなんとか聞こえるんだろう。

れおは手話なしで言葉で返事をしてる。

そっか……あの資料はれおが取りよせたものだったんだ。

「本当は行きたいんでしょ？　医学を学びたいって、前に言ってたじゃん！」

私が聞きたかったことを女の子に言われてしまった。

医学を学びたい……。

そうなの？

私はなにも聞いてないよ、れお。

知らなかったよ。

れおがそんな風に考えていたなんて。

「どうしても泣かせたくない大切なやつがいるから、俺は地元に残る」

れおの淡々とした声が胸につきささった。

泣かせたくない……大切なやつ。

それって……。

なんだか胸の辺りがギュッと痛くなった。

「なにそれ！　そんなことで夢をあきらめるの？」

女の子の涙声を聞いているのがすごくツラい。

「あきらめるっていうか、俺はただ……そいつの泣き顔を

二度と見たくないだけだから、そのためならなんだってする」

「…………」

　れお……。

　それって……私のこと？

　はじめて聞いたれおの気持ち。

　れおは……私のために夢をあきらめようとしているの？

　そんなの……やだよ。

「キャー、危ない！」

「車が突っこんでくるぞ！」

　――キキィー‼

　ふと顔を上げると、車道のほうからクラクションの音がけたたましく響いた。

　れおは車道に背中を向けており、女の子も騒ぎに気づいていない。

　車はどんどんふたりのもとに近づいていく。

「れおっ……！」

　気がつくと無意識に足が動いていた。

　ガガガッと大きな音を立てながら、車が歩道の上に乗り上げる。

　なにかが焦げつく匂いと、スピードを上げる車。

　れお……！

「……危ない！」

　あっという間の出来事だった。

　無我夢中でれおと女の子の背中を強く押した瞬間、全身

に衝撃が走ったのは。

　——ドンッ‼

　大きな音が聞こえたかと思うと、体が宙に浮く感覚がして気づくと吹きとばされていた。

　体中がものすごく痛い……。

　目の前に迫るアスファルトに、思わずギュッと目を閉じた。

　次の瞬間、今までに感じたことのないような痛みが全身を襲う。

　や、やばい。

　意識が……。

「しず……！」

　どこかられおの声が聞こえたような気がした。

　れお……ケガはない？

　無事……？

　れおが無事ならそれでいい。

「しず、しっかりしろ！　しず……っ」

　ごめん……れお。

　それに反応する元気がない。

「しず……！」

　その声を最後に、私は完全に意識を失った。

決心

『しず！　俺さぁ、大きくなったらお母さんみたいな立派な医者になりたい！　病気の人をたくさん治療して、元気になってもらいたいんだ！』

『うん！　れおならなれるよ！』

『しずが病気になったら、俺が治してやるからな！』

『うん、約束ね！』

　小学１年生の頃、笑顔で指切りをした私とれお。

　事故に遭ってから、れおはその夢を口にしなくなった。

　れおの大切な夢を……どうして忘れてたんだろう。

　れおの夢は、立派なお医者さんになること。

　──ピッピッピッピッ

　だんだん意識が戻ってくる感覚がして、ゆっくり目を開けた。

　全身が固まってしまったように硬くて、指先を少し動かすのも億劫。

　あれ、でも手があったかい。

　誰かに包まれてるような気がする。

　懐かしい感触だ。

「れ、お……？」

　霧がかった視界の中、うっすら見えた人影。

「しず？　目ぇ覚めた？　よかった」

「あれ、わた、し……生きて、る？」

「なに言ってんだよ、当たり前だろ」

　表情をゆるめて、ホッとしたように息を吐くれお。

　どれだけ心配してくれていたんだろう。

　私の手をギュッと握って、よかったって何度もくり返しつぶやいている。

「マジで……よかった。しずがいなくなったらって考えたら……俺」

「へへ、強運だったな」

「バカ。なんであんな危ないマネしたんだよ」

「だ、だって、夢中だったんだもん……」

　そのあとすぐに先生が来て、簡単な検査が行われた。

　その結果、脳や神経に異常はなし。

　念のためにつけられていた酸素マスクや心電図も外されて、身軽になった。

　手足はちゃんと動くからしばらく安静に過ごせば、日常生活はなにも問題なさそう。

　私はどうやら居眠り運転の車にひかれたらしかった。

　全身の軽い打撲ですんだのが奇跡的だったようで、３日間ずっと眠りっぱなしで、いつ目を覚ますかわからない状態だったらしい。

　れおはずっとそばにいてくれたのか、目の下にクマができてやつれたような顔をしていた。

「れお……？　大丈夫？」

「ごめんな。俺を助けたせいで、しずがこんな目に……」

「大丈夫だよ。あの時は体が勝手に動いたんだもん。自分

でもビックリしちゃった」

「…………」

　オレンジ色に染まった夕暮れの病室で、れおは神妙な面持ちのまま黙りこんだ。

　れお、そんな顔しないで。

　笑ってよ。

「れお。今日はもう帰って休んで？　疲れてるでしょ？」

「大丈夫」

「ウソ。やつれてるよ」

「大丈夫だから」

「でも」

「しつこい」

　頭をポンと叩かれた。

　れおはそのまま私のおでこに手を置いて、上から見つめてくる。

　整った顔と切なげな瞳に胸がしめつけられる。

「そんな顔しないでよ、れお」

　おでこにあったれおの手を思わずギュッと握った。

「れお」

「ん？」

「カリフォルニアに行きなよ」

「は……？」

　唇から言葉を読みとれなかったのか、れおが変な声を出した。

　カリフォルニアって手話でどうやるんだっけ？

わかんないや。

スマホは……ないな。

紙とペン！

辺りをキョロキョロ見回したけど、それらしきものは見当たらない。

今はまだ自由に動けないから、意思を伝えるのが難しい。

「大丈夫、読みとれたから」

淡々としたれおの声が響いた。

その顔は無表情で、れおがなにを思っているのかはわからない。

でも、私はこのままじゃ嫌なんだ。

れおに夢をあきらめてほしくない。

思うままに生きてほしいの。

「れおには夢があるでしょ？　カリフォルニアの大学に行けば、その夢は叶うんじゃないの？」

「俺はしずのそばにいたいから。っていうか、こんな時にそんな話をすることないだろ」

「こんな時だからだよ」

だって、今じゃなきゃ言えない気がするもん。

「れおが言ったんだよ？　行きたい大学に行かなきゃ、絶対に後悔するって」

「俺は地元の大学に行くって決めてるから」

「そこはれおが本当に行きたい大学じゃないでしょ？」

「んなわけないだろ」

「れお」

れおがなんて言おうと、私の考えは変わらない。

　本当は離れ離れになるのは不安でたまらないけど、れおの夢を犠牲にするくらいならガマンする。

「私のことは抜きにして、正直な気持ちを聞かせてよ。本当はカリフォルニアに行きたいんでしょ？」

「…………」

「れおの行きたい大学に行って？」

　なにを言ってもれおは一点を見つめたまま、首を縦には振らなかった。

　こうと決めたら譲らないれおらしいといえばそうだけど、今回ばかりは私も引くわけにはいかない。

　本当は行きたいってこと、れおを見てればわかるから。

「カリフォルニアに行かないって言うなら……」

　ごめんね。

　こんなの、卑怯だってわかってる。

　でも、こうするしかない。

「れおとは別れる」

　ごめんね……。

　こうでもしなきゃ、れおは行こうとしないでしょ？

「なん、だよ……それ」

「れお、私ね」

「しずは……俺と離れても平気なのかよ？」

「れお、お願い。聞いて」

　平気じゃないよ。

　平気じゃないけど、本音は奥にしまいこむ。

言えない。

言えるわけないよ、本当の気持ちなんて。

「1年でも10年でも……ずっと待ってる。だから、カリフォルニアに行って？」

れおが夢を叶えて帰ってくるまで、ずっと待ってるから。

しばらく沈黙が続いた。

私の前髪をクシャッとなでると、れおはフッと口もとをゆるめた。

「立派な医者になれるまで、何年かかるかわかんないけどいいのかよ？」

切羽つまったような切なげな声。

まだ迷っているといった感じ。

「当たり前だよ。ずっと……待ってる」

「夢を叶えられる保証なんてどこにもないし、ヘタすると帰ってこられないかもしれないんだぞ？」

「それでも……待ってる」

「心変わりしないっていう保証は？」

れおの手が小さく震えている。

夢に向かって進むこと、本当はすっごく怖いんだね。

いつかは大人にならなきゃいけない、まだまだ子どもの私たち。

その一歩を……笑顔で応援したい。

私の未来に、キミがいればいいと思う。

ううん、キミなしの私の未来は想像できないから。

「保証は……ないけど。でも、れおへの想いは誰にも負け

ない。待つ自信はあるから」

　形として残せるものはないけれど、私の愛は誰にも負け
ない。

「しずは言いだしたら聞かないもんな」

　観念したような、あきらめにも似た声。

　うん、と大きくうなずいて返事をした。

「……わかった。カリフォルニアに行く」

　れおの瞳にはもう、迷いはいっさい見受けられない。

　力強くて頼もしい私の大好きな顔だった。

「うん。応援してるね」

　涙が出そうになるのをこらえて笑った。

　れおが夢を叶える気になったのはうれしいことなのに、
何年も逢えなくなってしまうのはやっぱりさみしい。

　でも、さみしいなんて言っちゃいけない。

　笑ってバイバイするんだ。

　１週間ほどで退院した私を待ちうけていたのは、中３の
時にも味わった受験勉強の毎日。

　お母さんにお願いして予備校に通わせてもらい、れおは
れおで家庭教師の先生と毎日のように勉強に励んでいた。

　逢える時間は激減したけど、メッセージのやり取りだけ
は欠かさなかった。

　れおも頑張ってるんだから、私も頑張らなきゃ。

　さみしいなんて言ってる余裕はない。

「しずくー、怜音くんが来てくれたわよ」

「え？　れおが？」

「よっ！」

　コタツで勉強していたら、ふすまの向こうにれおが立っていた。

　わー、こんな格好恥ずかしい。

　パジャマの上に髪はボサボサ。

　思わずコタツ布団で体を隠した。

「来るなら前もって言ってよー。オシャレしたのに」

　なんて言いながらも、うれしくてつい頰がゆるむ。

　れおに逢うのは、かなり久しぶり。

「急に逢いたくなったから」

「へへ、うれしい」

　私も逢いたかった。

　久しぶりに逢うれおは、髪が伸びてさらに大人っぽくなったような気がする。

「おばさんは仕事？」

「うん。夜勤だから、もうすぐ出ると思う」

「そっか。なら、俺も帰ろっかな」

「え？　もう？　来たばっかじゃん」

　座ってすらないし。

「顔を見たら、すぐ帰るつもりだったから。これ、差しいれ」

　れおがくれたビニール袋の中には、私とお母さんが大好きなみかんが大量にあった。

　それプラス、チョコとココア。

「ありがとう。ちょっとくらいゆっくりできるでしょ？

第5章 》 323

座って座って」
「じゃあ、少しだけ」
　手招きすると、れおは私の隣に腰を下ろした。
　不意に手と手が触れてドキッとしてしまう。
　れおが隣にいるだけで、こんなにドキドキするなんて。
　チラッと隣をうかがうと、心なしかれおの顔もほんのり
赤かった。
「じゃあ、お母さんは仕事に行くから。怜音くん、ゆっく
りしてってね」
「どうも」
「いってらっしゃい」
　玄関のドアが開くと、冷たい真冬の風が部屋の中に入り
こんだ。
「外、寒かったでしょ？」
　れおの手を取り、軽くこする。
　手袋をしてないれおの手は氷のように冷たかった。
「うん、寒かった。だから、しずがあっためて？」
「え？」
「キス、していい？」
「……っ」
　至近距離で熱のこもった瞳で見つめられ、息ができなく
なりそう。
　ドキンドキンと跳ね上がる鼓動。
「いや？」
「ううん、嫌じゃ……ない」

ゆっくりれおの顔が近づいてきたかと思うと、そのまま
唇が重なった。

　　やわらかいれおの唇の感触。

　　抱きしめてくれる腕にドキドキして、もっと……もっと
してほしいって気持ちがあふれて止まらなくなる。

　　れおが好きだよ。

　　軽く触れるだけのキスじゃ足りない。

　　そう思うようになったのは、いつからだろう。

　　離れていこうとするれおの唇に、今度は私からキスをし
た。

　　何度も何度もれおの唇に口づける。

「れお……好き」

　　大好きだよ。

　　あとどれくらい、れおとこうしていられるかな。

　　残された時間はあとどれくらいかな。

　　そんなことを考えたら、とてつもなくさみしくなるから
やめた。

「れお、大好き」

　　首に手を回してギュッと抱きつく。

　　何年離れていても平気なように、れおの温もりを覚えて
おきたい。

「しず……これ以上は、ヤバいから」

　　戸惑ったように揺れるれおの瞳。

　　かすれたその声がやけに色っぽくて、ドキドキさせられ
た。

「頼むから、離れて」

「やだ」

「しず」

「いや」

　れおの前だと子どもみたいになってしまう。

　だけど、離れたくない。

　れおが好きなんだもん。

　私の温もりを忘れないで。

　遠くに行っても覚えていてほしいよ。

　顔を見られないように、れおの肩に顔を埋める。

　れおの手が遠慮がちに腰に回されてギュッと抱きしめて
くれた。

「しず。離れるのツラい？」

「ううん……ツラく、ない」

　だって、背中を押したのは私だもん。

　一番れおの夢を応援してるのは、この私。

「でも、震えてんじゃん」

「震えて、ない……」

　私の声はれおには届かないから、首を大きく横に振って
返事をする。

「ツラいなら、フってくれていいから。それに、俺を待た
なくていい」

　れお……。

　どうして、そんなことを言うの……？

　私は……れおが好きだって言ってるじゃん。

それなのに、どうしてまたつきはなそうとするの？
「ほかにいいやつがいたら、そっちに行けばいい。俺は
……しずの幸せを願うから」
　やけに静かな声だった。
　知ってるよ。れおが冗談でそんなことを言ったわけじゃ
ないってこと。
　だから余計に苦しかった。
「れお以外……いらない。れおが好きなんだよ」
　耳もとでささやいたけど、私の声はれおには届かない。
　いくら叫んでも……れおには届かない。
「待たなくていいなんて……言わないでよ。バカァ」
　不意に涙が出そうになって、唇をかみしめた。
「しずが隠れて泣くくらいなら、俺のことは忘れてくれて
いいよ。もう二度と……傷つけたくないんだ」
「…………」
　バカだね、れおは。
　れおと離れることより、別れることのほうがツラいに決
まってるのに。
　どうしてわかってくれないの？
「だから、俺のことは待たなくていい。好きなやつができ
たら、遠慮なくそっちに行け。だけど──」
　緊張しているのか不安なのか、れおの体が小さく震えて
いる。
　抱きしめてくれている腕の力が強まったのがわかった。
　だけど……なに？

「夢を叶えて帰ってきた時は、全力で奪い返しにいくから覚悟しとけよな」

　頭をポンとなでられて、涙が一筋頬を伝った。

「しずく、本当にいいの？」

「やっちゃん、なにが？」

「桐生くんの見送りに行かなくてだよ！　なにがじゃないでしょ、なにがじゃ」

　眉をつり上げて鬼のごとく怒るやっちゃん。

　かわいい顔が台なしだよ。

　それにね……。

「行ったって……ツラいだけだもん。れおも来なくていいって言ってたし、私も荷造りしなきゃ」

　なんて、言い訳がましく言ってみる。

　卒業式を終えて、無事に迎えた春休み。

　私とれおはそれぞれ第1志望の大学に合格し、私は東京へ、れおはカリフォルニアへ行くことになった。

　今日はやっちゃんとちーと私の3人で、プチお別れ会をしているところ。

　お別れ会といっても、やっちゃんの部屋でお菓子を食べながら話しているだけなんだけど。

「しずくが落ちこんでるところ申し訳ないんだけど、私、柳井亜子にもついに彼氏ができました！」

「「えっ!?」」

　私とちーはふたりで目を見あわせて驚いた。

やっちゃんに彼氏が!?

　ついに!?

「いやー、本当は女子アナになってサッカー選手と結婚して玉の輿に乗るぞ！　って意気ごんでたんだけどね〜。やっぱり、初恋の相手は特別だっていうじゃん？」

「初恋の相手……？　やっちゃんの相手って誰？　まさか」

　幸せそうに頬を赤らめるやっちゃんにつめよる。

「そう、大雅くんでーす！」

「ウソっ!?」

　やっちゃんと大雅がいつの間に!?

　やっちゃんが大雅を好きだった頃のことを知ってるから、純粋にうれしい。

　そっか、大雅とやっちゃんがね……。

　みんな、前に進んでるんだ。

「やっちゃーん！　よかったね、おめでとう！」

　うれしくてついつい頬がゆるむ。

　やっちゃんも大雅も幸せなんだ。

　よかった。

　本当によかった。

　ふたりとも、大切な私の親友だもん。

　大雅のやつ、やっちゃんを泣かせたら承知しないんだから。

「まぁでも、誰かさんは大雅くんに告られたことをあたしに隠してたけどねー？　どれだけ傷ついたか、わかる？」

「や、やっちゃーん……それは何度も謝ったじゃん。いい

かげん時効じゃない？」

「じゃない！」

　愛想笑いを浮かべる私に、やっちゃんはピシャリと言いきった。

　そんな私たちを見て、苦笑いをするちー。

　何気ないこんなやり取りも、もうすぐできなくなる。

　みんなと離れるのはすごくさみしいけど、大学生活は楽しみでもあるからワクワクのほうが大きい。

　れお……私も頑張るね。

　頑張って強くなる。

　もう泣かないよ。

「しー、やっぱり見送りにいったほうがいいんじゃない？　さっきから時計ばっかチラチラ気にしてる」

「えっ……？　そ、そんなことないよ」

　う、バレてた。

　鋭いちーに見抜かれてた。

「今行かなきゃ、数年は会えないかもしれないんだよ？」

「…………」

「一生会えない可能性だって、なきにしもあらずなんだよ？　それでもいいの？」

　一生……逢えない。

　そんなの。

「……いや」

「だったら、行きなよ。じゃないと、後悔するよ」

「……うん」

決心して私は立ち上がった。

今逢わなきゃ、後悔する。

そんなのは嫌だ。

「まったく、しずくは本当に世話が焼ける子だね」

「本当にねー！」

やっちゃんとちーが顔を見あわせて笑った。

「うん、ごめんね。私、ちょっと行ってくる！」

「はいよー、今ならまだ家にいるんじゃない？　夕方の便だって言ってたし」

やっちゃんはひらひらと私に手を振りながら、そう教えてくれた。

「うん、行ってくる！」

「気をつけてね！　しーはおっちょこちょいだから、焦って転ばないようにしなよー！」

「転ばないよ、失礼なっ！　じゃあね！」

私はやっちゃんの家を飛びだして、れおの家に全速力で駆けだした。

れお。

れお……。

れお……！

れおが好き。

だから、笑顔で見送るよ。

安心して飛びたてるように笑って手を振る。

「はぁはぁ……っ、く、苦し」

足がもつれて転びそうになっても、こめかみから汗が流

第5章 》》 331

れおちても、れおの家を目指していちもくさんに駆けぬけ
た。

　最後じゃない。

　また逢える。

　わかっているのに、涙があふれる。

　泣かない。

　最後は笑って見送らなきゃ。

　れおの家の近くまで来た時だった。

　スーツケースをひっぱりながら、車に乗りこもうとする
れおの姿が見えた。

「れ、お……っ！」

　待って、まだ行かないで。

　お願い。

　あと、数百メートルの距離がもどかしい。

「れおー！」

　トランクに荷物を積みこみ、れおが後部座席のドアを開
けた。

　ま、待って……。

　れお！

「れおっ‼」

　お願いだから、気づいて。

　うしろを振り返って！

「あっ……！」

　なにかにつまずいて思いっきりバランスを崩した私は、
前のめりに勢いよく転んだ。

ひざに、腕に、体中のあちこちに衝撃が走る。

　痛いと思った時には、アスファルトの上に叩きつけられていた。

「いたたた……っ、うわ、血が……っ！」

　ひざが思いっきり切れちゃってる。

　でも、今はそれどころじゃない。

　痛さをこらえて立ち上がり、前を向いた時だった。

　れおがこっちに向かって走ってくる姿が見えた。

「しず、なにやってんだよ。バカだな。大丈夫か？」

「れ、れお……！　もしかして、見てた？」

「うん、バッチリ。豪快に転んだ姿、目に焼きつけた」

　れおは唇から私の言葉を読みとったらしい。

「え、それ最悪……！」

　もっと違う姿を焼きつけてよ！

　転んだ姿なんて恥ずかしすぎる。

「ウソだよ」

　そう言ってクスクス笑うれお。

　その笑顔に胸がしめつけられる。

「……れお」

　最後なのに、もうしばらくは逢えないのに、言葉がなにも出てこない。

「ひざ、血が出てるな。大丈夫か？　あとで母さんに診てもらえよ」

「うん……」

　ポンと頭に置かれた手のひら。

第5章 》》 333

　れおの温もりが心にしみる。

　泣かないって決めたのに、泣きそうだ。

「もう、行かないと……」

　嫌だ。

　行かないで、れお。

「待って……っ！」

　れおの腕をつかんで引き止める。

　ほら、なにか言え、私！

　なんのためにここまで来たの？

　なにか……なにか。

　待ってる？

　ずっと、好きでいる？

　ううん、違う。

　そんなことが言いたいんじゃない。

　笑え、最後くらい。

　笑って見送るために来たんでしょ？

　顔の筋肉に力を入れて、ムリに口角を引き上げた。

「れお……いって、らっしゃい……！」

　れおの頬を両手ではさみ、背伸びをしてそっとキスをした。

　れおの唇の感触。

　離れても、ずっと忘れないよ。

「ずっと応援してる。カリフォルニアに行っても……頑張ってね」

　れおの目をまっすぐに見つめて、手話交じりに伝えた。

唇が震えたけど、満面の笑みを添えて伝えることができた。

　れおはフッと微笑み、顔を軽くふせて「ありがとう……」と小さくつぶやいた。

　その声が震えていることに気づいていたけど、気づかないフリをした。

「俺……絶対に夢を叶えて帰ってくるから。でも、待たなくていいからな」

　ガシガシッと私の頭を乱暴になでたれおの手は、少し震えていた。

　なにも言うことができずにいると、れおは私の耳もとに唇を寄せた。

「じゃあ……行ってくる」

　小さくそうつぶやき、走りさっていくその背中。

「れお……っ」

　行かないで……っ。

　さみしいよ。

　苦しいよ。

　でも……頑張ってね。

　応援してる。

　さみしくても、苦しくても、れおのことをずっと応援してるから。

星に願いを

「しずく先生、おならって手話でどうやるの？」

「えっ……？」

　お、おなら？

　授業中、からかうような目で私を見つめるその男の子。

　レイくんは5歳の時に髄膜炎にかかって聴力を失い、現在公立のろう学校の小学2年生。

　タジタジになる私を見て楽しんでいる、クラス一のいたずらっ子。

「えっと、おならはこうだよ」

「あはは、先生がおならしたー！　おならしたー！」

「なっ」

　レイくんは補聴器をつけたら私の声はなんとか聞こえるようで、こんな風に私の反応を見ていつも楽しんでいる。

　いたずらっ子な一面もあるけど、ほかの子には優しかったりと、かわいい一面もあったりするから憎めない。

　26歳になった私は、大学を卒業してからろう学校の先生として公立の学校に勤務している。

　教師になって4年目の冬。

　担任を任されるようになってからというもの、大変なことのほうが多くて日々メンタルをゴリゴリ削られるけど、すごくやりがいがあって自分に合っていると思う。

　忙しくてなかなか地元に帰れないけど、みんな元気にし

てるかな？

　今朝の写真が頭によみがえって、急にみんなのことを思い出した。

　みんなに逢いたいけど、当分はムリかな。

　子どもたちを送りだしたあとは、たまっていた書類整理をはじめる。

　それと、来週の授業の予習もしなきゃ。

　１日があっという間に終わってしまい、気づけばもう、れおと最後に逢った日から８年の月日が流れていた。

　れおとはここ何年かは連絡を取っていないから、なにをしているのかはわからない。

　この８年、長かったような短かったような。

　いろんなことがたくさんあった。

「月城、よかったらこれから飲みにいかね？」

「えっ？　これから？」

「おう。給料入ったばっかだし、しゃあなし奢ってやるよ。パーッと行こうぜ、パーッと」

「うーん……行きたいんだけど、まだ仕事が残ってるし」

「明日に回せばいいじゃん。同期のこの俺が、せっかく奢ってやるっつってんのに」

「私は藤里くんとは違って、仕事を明日に持ちこしたくないの」

「相変わらずマジメだなぁ。気楽に生きりゃいいじゃん」

「マジメで結構。ってことだから、また今度ね」

「そればっか。本当は行く気がないくせに……」

第5章 ≫ 337

　おもしろくなさそうな顔をする藤里くんに手を振り、仕事に取りかかる。

　定時を過ぎると、ほとんどの先生がポツポツと帰りはじめた。

　私はまだもう少しかかりそう。

　要領の悪さをどうにかしたいけど、手を抜きたくないから結局時間がかかってしまう。

　気づけば、外はもうまっ暗。

　警備のおじさんにもビックリされてしまった。

　はぁ、お腹空いたなぁ。

　今日はこの辺で切り上げようか。

「あんまり根つめんなよ」

「ふ、藤里くん……なんで？」

　突然ドアが開いたかと思うと、帰ったはずの藤里くんが入ってきた。

　鼻の頭がまっ赤に染まっていて、寒そうに身を縮めている。

「バカな誰かさんがまだ残ってるんじゃないかと思って。ほら、差しいれ」

　机の上に置かれたビニール袋。

「わ、ありがとう。しかも、こんなにたくさん」

　その中には栄養ドリンクやカロリーをチャージできるお菓子、チョコやホットティーが入っていた。

「一生懸命やんのもいいけど、少しは休まないと倒れるぞ」

「うん、ごめんね。藤里くんって、意外と優しいんだ」

「４年も一緒に仕事してんのに、今さらかよ！」
「あは、ごめんごめん。いただきまーす」
　冗談交じりに藤里くんとからんで、チョコをひとつつまんだ。
「うーん、おいしい。やっぱり冬のチョコはやめられないね」
「だよなぁ。俺も甘いもの好き」
「おいしいよね」
　他愛もない話をしながら、片づけをはじめる。
　今日はもう、ここまでにしよう。
「あのさ……」
「ん？」
　突然かしこまった声を出した藤里くんに首を傾げる。
「アメリカにいる彼氏とは……その、うまくいってんの？」
「え……？」
　なんで藤里くんがそれを知ってるの？
「ごめん……江田に聞いたんだ」
　藤里くんは申し訳なさそうに眉を下げた。
　江田ちゃんは私たちのもうひとりの同期で、休みの日にはふたりでランチをしたり買い物をしたりするような仲。
　彼氏の話になった時、包みかくさずれおのことを話した。
「そうなんだ。江田ちゃんめ……」
「俺がしつこく聞いてしぶしぶ教えてくれたようなもんだから、江田のことは怒らないでやって」
　うつむき気味にボソボソ話す藤里くんは、これまでに見たことがないくらい真剣な表情をしていた。

「俺……マジで月城のことが好きなんだ。けど、江田に彼
氏のこと聞いて何度もあきらめようとした」

「……っ」

「月城が幸せならそれでいいって思ってたけど……もう何
年も連絡取ってないんだろ？　そんないいかげんな男、や
めちまえよ」

「……っ」

　藤里くんの切実な声が胸につきささった。

　言いたいことはわかってる。

　8年も逢わずにいると、気持ちが揺れ動くこともあった
けど。

「ごめん……それでも私は……れおが好きなの」

　どうしても忘れられなくて、8年たった今でも想いは変
わってない。

　バカだなって自分でも思うけど、絶対に帰ってくるって
言ったれおの言葉を信じてる。

　待たなくていいって言われたけど、この想いは消えてな
くなってくれない。

　れおじゃなきゃ、ダメなんだ。

「ごめんね……ごめん、なさい」

「わかったから、もう謝んな」

「…………」

　ごめんなさい……。

　心の中でもう一度謝った。

　こんな私を好きになってくれてありがとう。

れお、キミを想えば想うほど、切なさが増す。

苦しくて胸がはりさけそうだよ……れお。

ねぇ、逢いたい。

いったい、いつまで待てばいい？

「しずく先生、プラネタ……ウムってなに？」

「あは、プラネタリウムだよ。レイくん、行ったことない
の？」

「うん」

「お部屋の中で星を観るの」

「星？」

　とたんに目を輝かせるレイくん。

　無邪気な笑顔がかわいくて、思わず頬がゆるむ。

　今日は遠足の日で、みんなでプラネタリウムにやって来
た。

「あ、藤里くん。男の子たちのおトイレお願いできる？」

「了解。うちのクラスの女子も頼むわ」

「わかった」

　トイレをすませ、みんなで中に入って席に着く。

　上映が始まると、にぎやかだった館内は急に静かになっ
た。

　プラネタリウムの中に輝くキレイな星。

　れおと一緒に観た星を思い出して、胸が苦しくなった。

　流れ星を観たこともあったね。

　懐かしいなぁ。

あの時願ったことは、まだ叶っていない。

　いつか叶う日は来るの？

　もう、それすらわからなくなってる。

　不意に涙が出そうになって、唇をかみしめた。

「月城……」

　隣から聞こえた声に振り向けば、薄暗い中、複雑な表情を浮かべる藤里くんの姿。

「ツラい？」

「ううん……大丈夫」

「ウソつくなよ。泣いてんじゃん」

「大丈夫……だから」

　ツラいなんて思っちゃいけない。

　れおも頑張ってるんだから。

　星が瞬く中、ひじかけに置いていた手の上に藤里くんの手が置かれた。

　ビックリして引っこめようとしたけど、ギュッとつかまれてしまった。

「ふ、藤里くん……？」

「本気出していい……？　俺、月城のそんなツラそうな顔見たくない」

「な、なに言ってるの。みんないるんだよ？　とりあえず、離して……」

「ムリ」

「ちょ、ちょっと……」

　離そうとすればするほど力強く握られる。

こんな時になに考えてんの？

　信じられない。

「うぅ……っ」

　その時、私の隣に座っていたレイくんがお腹を抱えて丸まっているのが目に入った。

　苦しそうな横顔を見て、ただごとじゃないのがすぐにわかった。

「ふ、藤里くん、レイくんがなんだか変」

「え？」

「とにかく離して！」

　思いっきり腕を振り払い、レイくんの様子をうかがう。

「どうしたの、レイくん。どっか痛い？」

「うー……っ」

　私の声が聞こえないのか、レイくんはうずくまったまま動かない。

　全身に汗をびっしょりかいて、額にも冷や汗が浮かんでいた。

「レ、レイくん……大丈夫？」

　どうしよう……。

　どうしたらいい？

　どうしたら……。

「藤里くん……どうしよう。レイくんがおかしいよ。お腹が痛いのかな？」

　でも、この痛がりようは普通じゃない。

「ほかのみんなは副担に任せて、とりあえずここを出るぞ」

第5章 ≫ 343

　藤里くんはレイくんの小さな体を抱き上げ、薄暗い館内から出た。

　副担の先生に事情を説明し、私も大慌てであとを追う。

　状況がわからないのでとりあえずレイくんをベンチに寝かせたけど、さっきよりも明らかにぐったりしている。

　顔色もかなり悪い。

「レイくん、レイくん……」

「月城、落ち着け。あんまり揺らさないほうがいい」

「で、でも、レイくんが……どうしよう、藤里くん」

「落ち着け。この辺って病院あったか？　それか……救急車を呼ぶかだな。けど、えーっと何番だっけ？」

「この辺来たことないし……きゅ、救急車。110番だっけ……？」

「それは警察だろ？　救急車って何番だ……」

　えーっと……。

　まともに頭が働かない。

　その間にも容態が悪くなっていくレイくん。

　藤里くんとふたりで慌てふためいていると、異変に気づいたスーツ姿の男の人が駆けよってきてくれた。

「どうしました？」

　え──？

　──ドクンドクン

　ウソ……でしょ。

　なん、で……？

　時が止まったかのように息ができなくなった。

信じられなくて、放心状態のまま固まる。

向こうも私と目が合うと、大きく目を見開いて固まった。

な、なんで……。

ウソだ。

これは……夢、だよね？

「……っう」

ハッ！

そうだ、レイくん！

「この子が急に腹押さえて苦しみだして……顔色も悪くなってくし、呼びかけにもこたえてくんねーしで」

藤里くんが早口でまくし立てる。

私は藤里くんの言葉を手話に切り替えて目の前の人に伝えた。

とにかく今はレイくんのことで頭がいっぱい。

レイくん……。

「救急車呼んで、119番」

レイくんのお腹を触診したり、脈を測ったりしていたその人はジャケットを脱いでレイくんの体に被せた。

「あ……きゅ、救急車！　えーっと、スマホ」

あ、あれ？

スマホがない。

そういえば、カバンを中に置いてきちゃった。

「藤里くん、スマホ持ってる？　救急車お願い」

「あ、ああ。119だな……っ」

藤里くんが救急車を呼んでいる間、レイくんに付き添っ

て手を握っていた。

　救急車は5分くらいでやって来て、私が付き添いで一緒に行くことに。

「アメリカで医師として働いていたんで、俺も一緒に行きます」

「わかりました、では急いでこちらへ」

　救急車で病院へ向かっている間、ハンカチでレイくんの額に浮かんだ汗をぬぐった。

「たぶん、急性の虫垂炎だと思う」

「虫垂炎……？」

「俗に言う、盲腸ってやつ」

「も、盲腸……それって、大丈夫なの？」

「ああ。緊急手術が必要だけどな」

　手術……。

　ウソでしょ。

　搬送先はすんなり決まり、診察後、レイくんはそのまま手術を受けることになった。

　手術の手続きのためにご両親に病院に来てもらったり、学校へ連絡を入れたりしているうちに、あっという間に時間が過ぎていく。

「大丈夫か？　ちょっと休めよ、ほら」

　手術室の前でイスに座りこむ私に差しだされたのは、糖分たっぷりの甘いホットココア。

「……ありがとう」

　ココアを受けとり、目をふせる。

突然の再会すぎて、なにを話せばいいのかわからない。

「まさか……あそこでしずに逢うとは思わなかった」

そんなの……。

「私だって。まさか、れおが帰ってきてるなんて思わなかったよ」

昔と同じように手話でそれを伝える。

8年前とは比べものにならないほど、ずいぶん上達したでしょ？

8年見ない間に、れおはずいぶん大人っぽくなっていて、スーツ姿にドキドキが止まらない。

相変わらずカッコよくて、爽やかで。

一緒にいてこんなにドキドキするのは、やっぱりれおだけだ。

それからはお互い黙りこんでしまい、気まずい沈黙が流れた。

レイくんの手術も無事に終わり、そのまま入院することになったので、気になりつつも学校に戻ることに。

もう夕方の5時を回っていた。

「しず、これから少し時間ある？」

「これから……？」

「久しぶりに逢ったし、よかったらどっかで話したいんだけど」

照れたように頬をかくれお。

ゆっくり話したいのはやまやまだけど。

「ごめん、一度学校に戻らなきゃ。連絡先変わってない？」

「うん、そのまま」

「なら、また今度連絡する」

　逢えてうれしいはずなのに、戸惑っている私もいた。

　だって、いきなりすぎていまだに信じられない。

「月城！」

「ふ、藤里くん。来てくれたの？」

「ああ。ほら、カバン」

「……ありがとう」

「それから、もう帰っていいって校長が言ってたぞ」

「ホント？」

「ああ。だから、送って──」

「いい、俺が送る。行くぞ、しず」

「ちょ、れお……っ」

　え？

　なに、いきなり。

　腕をグイグイひっぱられ、その場から遠ざかっていく。

　藤里くんは、そんな私たちをボーゼンと見ていた。

「れ、れお……！　どこまで行くの？」

　病院を出て、もうずいぶん歩いた気がする。

「つーか、あんな男がいいのかよ？　追いかけてもこないし」

「あんな男って……？」

　なぜか怒っているらしい整ったその顔。

　れおだ。

　正真正銘のれおだ。

「さっきの男。彼氏なんだろ？　目の前でしずを連れさったのに、追いかけてこないってどういうことだよ」

「か、彼氏……？」

「言っただろ。待ってなくてもいいって。その代わり、今度は全力で奪いにいくって」

　フワッと香る懐かしいれおの匂いに、不意に涙がこみ上げた。

「カン違いしてるみたいだけど。藤里くんは……彼氏じゃないよ」

「え？」

「ただの同期だから」

「……マジ？」

　コクンと小さくうなずく。

　すると、れおの横顔がみるみるうちにほころんでいった。

「なんだ、焦って損した」

「れおの早とちり」

「ごめん」

　シュンと肩を落とすれお。

　その姿があまりにもかわいくて、思わず笑ってしまった。

「笑うなよ、バカ」

「あは、だって」

「これから時間ある？」

「……うん」

　れおの運転する車で、夜景が見える展望台まで連れてこられた。

第5章 ≫ 349

　展望台のベンチに並んで座り、そのまままれおに肩を引き
よせられる。
　凍えるくらい寒いけど、れおとくっついていると不思議
なことにあったかい。
「しず」
「ん?」
　ずっと触れたかった温もりがここにある。
　大好きなれおの横顔。
「今まで連絡しなくてごめん。こっちに帰ってきて、ちゃ
んとしてから逢いにいこうと思ってた」
「…………」
「中途半端なまま逢いにいっても、カッコつかないだろ?
こっちに帰ってきて半年たったけど、俺はまだまだ一人前
じゃない」
　胸に熱いものがあふれて涙がにじんだ。
　離れていた8年間のことがよみがえって、胸が苦しい。
　せっかく逢えたのに、もう離れるのは嫌だよ。
「けど、俺ももう限界。これ以上離れんのはムリだから
……これからは絶対に離さないって約束する。だから……
俺と……俺と」
　目の前が涙でボヤける。
　展望台からのぞく夜景がすごくキレイだった。
「結婚してください」
　信じられない気持ちでいっぱいだったけど、うれし涙が
とめどなくあふれた。

ずっと夢見ていたことが現実になった。

ツラいことも、悲しいこともいっぱいあったけど──。

ずっとずっと、キミを好きでいてよかったって、今なら心からそう思える。

涙をぬぐうと、れおに向かって大きくうなずいてみせた。

そして──手話で伝える。

『ずっと、キミが好きでした』

『これから先も大好きだよ』

『ずっと、一緒にいて下さい』

「しず、俺……もう待てないから。今から俺んち来る？」

「……うん」

「あの、さ。前にも言ったけど、意味わかってる？」

「うん、わかってるよ。8年も待ってくれてありがとう……」

「俺も……待たせてごめん。けど、これからはそれ以上に幸せにするって約束する」

れお……ありがとう。

キミを好きでよかった。

だから、これからもこんな私をよろしくね。

エピローグ

　あれから6年。

　私たちはあのあとすぐに結婚した。

　あの日のことを思い出すと、今でも胸がしめつけられる。

　楽しいばかりの恋ではなかったけど、れおに出逢えてよかった。

「しず、那知の靴下は？」

「え？　その辺にない？」

　主婦には大忙しの朝、家を出る直前にれおがそんなことを言いだした。

　っていうか、さっき履いてたのにもう脱いだの？

　相変わらず、那知は靴下が嫌いなんだから。

「キャハハー、ママー、幼稚園いってきまーす！」

「ちょっと、那知！　靴下履きなさい」

「やーだよ！　パパ、ほらおそーい！」

　5歳の那知は天真爛漫で、毎日毎日私たちの手を煩わせる。

　那知には物心がついた時から手話を教えているので、れおとの会話もバッチリ。

　れおは那知を溺愛していて、見事な親バカっぷりを発揮してくれちゃってます。

「しず、いってらっしゃいのキスは？」

「えっ!?」

エピローグ **》》 353**

「えって……嫌なんだ？」

「嫌じゃないけど、ほら、那知もいるし、ね？」

「してくんなきゃ、仕事行かないけど」

「いや、子どもじゃないんだから」

「しーず」

　こんな風に、れおは前にも増してワガママになった。

　でも、それも悪くないと思える。

　だって、今がものすごく幸せだから。

「もう、仕方ないな。いってらっしゃい」

　目を閉じて、れおの唇にそっとキスをした。

「パパとママがチューしてるー！　パパ、那知もチューして！」

「あ、那知はダメ。れおはママのだから」

「ふふ、ママってパパが好きなの？」

「当たり前じゃん。大好きだよ」

「那知も！　那知もパパ好き」

「ママのほうが好きなんだから」

「ぷっ。なに那知とはりあってんだよ」

　あきれたようにれおが笑った。

　つられて思わず私も笑う。

「那知はねー、ママもパパもだーい好き！」

「ママも那知のことが大好きだよー！」

　家族３人で顔を見あわせて笑いあった。

　ああ、幸せだな。

　３人でいると毎日がとても楽しい。

「あ、れお」

「ん？」

「家族がもうひとり増えることになったよ」

「え？」

「３ヵ月だって」

「マジ？　やった」

　これからますます大変になるけど、きっと今よりもっと幸せになるね。

　れおとの未来。

　私は今、とても幸せです。

【ｆｉｎ】

あとがき

　こんにちは、miNatoと申します。

　まず初めに『ずっと、キミが好きでした。』を手にして
くださりありがとうございます！

　私は他の方の文庫を読む時はあとがきを一番最初に読む
派なんですが、皆さまはいかがでしょうか？

　あとがきから読んでネタバレしちゃった！という経験は
私にはまだないのですが、読者さまの中にあとがきから読
む派の方がいるといけないのでネタバレになるような内容
は控えますね(・_・)。

　さてさて、今回のお話はいかがでしたか？

　生まれた時からの幼なじみという設定は、書きやすいよ
うで難しく距離感を掴むのがとても大変でした。

　さらに特別な設定を加えていたので、なおさら難しかっ
たです。

　ですが、初々しいふたりの姿を書くのはとても楽しく、
更新が止まりませんでした。

　あっという間に書き上げたように思います。

　実はこのお話を書く前に取りかかっていた作品がサイト
上にあったのですが、どうにも行きづまってしまって。

　そんな時、友達と福岡を旅行し、そこでいろんな人と出
逢って刺激をもらいました。それがやる気に繋がったのか、
帰りの新幹線の中で衝動的に書こう！と思い立ったのがこ

の作品です(^O^)／。

　わずか3週間で書き上がりました。

　普段あまりプロットを立てないので、ほぼ毎回のように展開や結末に行きづまったりするのですが（結局、どうしようもなくなってから最後の最後にプロットを立てるパターン）、このお話は最初にちょっとだけ設定を決めてからは、最後まで行きづまることなく書けました。

　書いてる時はとても楽しく、主人公のしずくと同じようにドキドキワクワクソワソワ……時にはニヤニヤキュンキュンもしながら、納得のいくラストに仕上げたつもりです。

　ぜひぜひ、読者の皆さまにもしずくや私と同じようにドキドキワクワクソワソワ……ニヤニヤキュンキュン、そして、涙しながら楽しく読んでもらえるとありがたいなぁと思います。

　時間軸が長い作品になっているのですが、2人が成長していく姿を温かい目で見守っていただけると嬉しいです！

　最後になりましたが、この本の出版に携わってくださった担当の長井さんと加門さん、そしてスターツ出版の皆さま、本当にありがとうございました。

　そしてここまで読んでくださった読者の皆さまにも、心より深く感謝いたします。

2017.1.25　miNato

この物語はフィクションです。
実在の人物、団体等とは一切関係がありません。

♥

miNato先生への
ファンレターのあて先

〒104-0031
東京都中央区京橋1-3-1
八重洲口大栄ビル7F

スターツ出版（株）書籍編集部 気付
miNato先生

ずっと、キミが好きでした。

2017年1月25日　初版第1刷発行
2017年3月25日　　　第2刷発行

著　者	miNato
	©miNato 2017
発行人	松島滋
デザイン	カバー　高橋寛行
	フォーマット　黒門ビリー&フラミンゴスタジオ
ＤＴＰ	久保田祐子
編　集	長井泉　加門紀子
発行所	スターツ出版株式会社
	〒104-0031 東京都中央区京橋1-3-1　八重洲口大栄ビル7F
	ＴＥＬ 販売部03-6202-0386（ご注文等に関するお問い合わせ）
	http://starts-pub.jp/
印刷所	共同印刷株式会社

Printed in Japan

乱丁・落丁などの不良品はお取替えいたします。上記販売部までお問い合わせください。
本書を無断で複写することは、著作権法により禁じられています。
定価はカバーに記載されています。

ISBN 978-4-8137-0200-9　C0193

ケータイ小説文庫　2017年1月発売

『クールな彼とルームシェア♡』 *あいら*・著

天然で男子が苦手な高1のつぼみは、母の再婚相手の家で暮らすことになるが、再婚相手の息子は学校の王子・舜だった!! クールだけど優しい舜に痴漢から守ってもらい、つぼみは舜に惹かれていくけど、人気者のコウタ先輩からも迫られて…?　大人気作家*あいら*が贈る、甘々同居ラブ!!

ISBN978-4-8137-0196-5
定価：本体 570 円＋税

ピンクレーベル

『彼と私の不完全なカンケイ』 柊乃（しゅうの）・著

高2の璃子は、クールでイケメンだけど遊び人の幼なじみ・尚仁のことならなら大抵のことを知っている。でも、彼女がいるくせに一緒に帰ろうと言われたり、なにかと構ってくる理由がわからない。思わせぶりな尚仁の態度に、璃子振り回されて…?　素直になれないふたりの焦れきゅんラブ!!

ISBN978-4-8137-0197-2
定価：本体 570 円＋税

ピンクレーベル

『俺をこんなに好きにさせて、どうしたいわけ?』 acomaru（アコマル）・著

女子校に通う高2の美夜は、ボーイッシュな見た目で女子にモテモテ。だけど、ある日いきなり学校が共学に!?　後ろの席のは、イジワルな黒王子・矢野。ひょんなことから学園祭のコンテストで対決することになり、美夜は勝つため、変装して矢野に近づくけど…?　甘々♥ラブコメディ!

ISBN978-4-8137-0198-9
定価：本体 590 円＋税

ピンクレーベル

『初恋ナミダ。』 和泉（いずみ）あや・著

遙は忙しい両親と入院中の妹を持つ普通の高校生。ある日転びそうなところを数学教師の椎名に助けてもらう。イケメンだが真面目でクールな先生の可愛い一面を知り、惹かれていく。ふたりの仲は近付くが、先生のファンから嫌がらせをうける遙。そして先生は、突然遙の前から姿を消してしまい…。

ISBN978-4-8137-0199-6
定価：本体 550 円＋税

ブルーレーベル

書店店頭にご希望の本がない場合は、
書店にてご注文いただけます。